国境は小さな橋だった

子どものころの戦争の記憶

河崎かよ子

清風堂書店

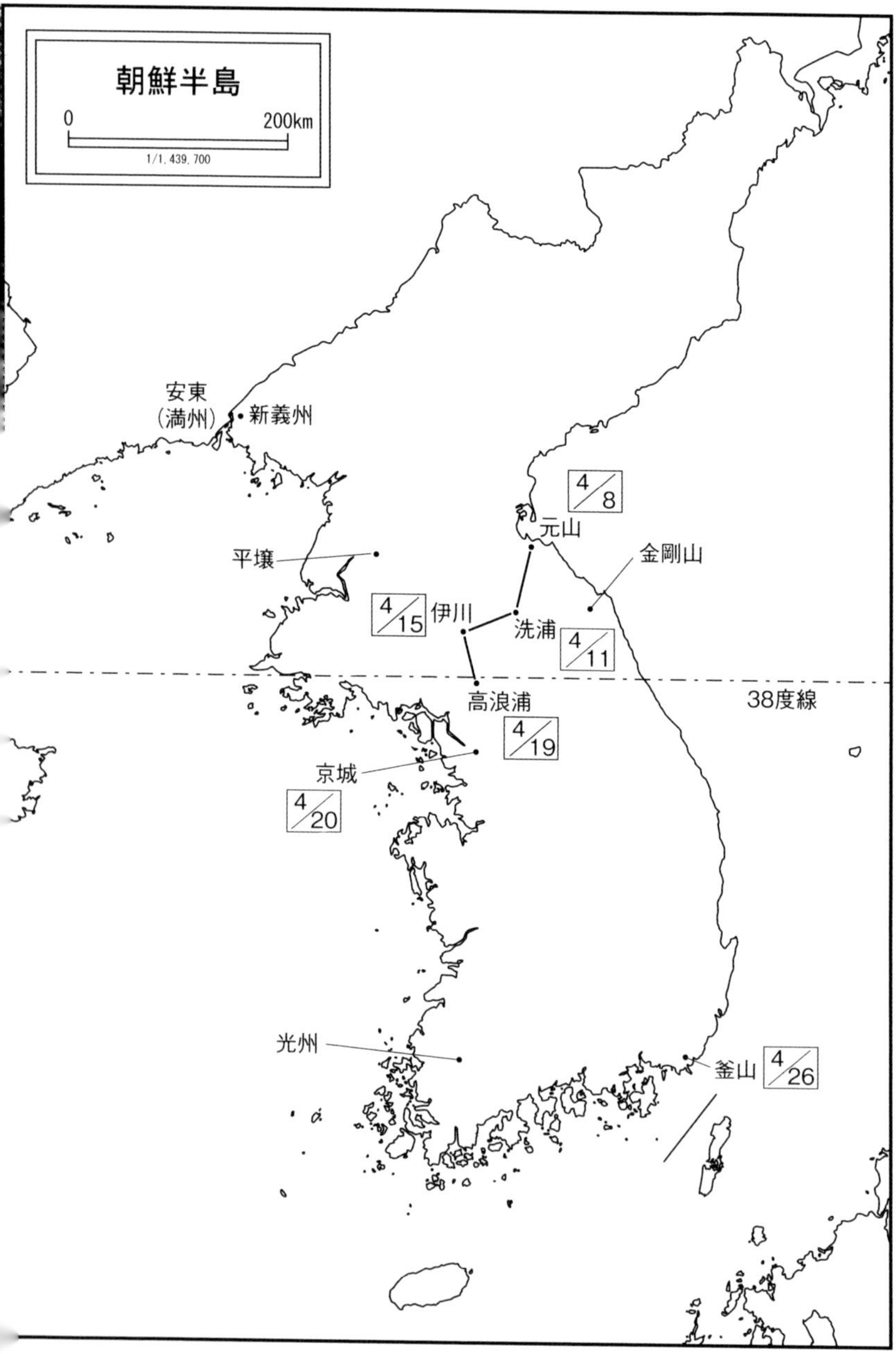
朝鮮半島
0
200km
1/1,439,700
安東
(満州)
新義州
平壌
元山
4/8
金剛山
4/15
伊川
洗浦
4/11
高浪浦
38度線
4/19
京城
4/20
光州
釜山
4/26

もくじ　国境は小さな橋だった　～子どものころの戦争の記憶～

はじめに

私には、人に聞かれるといつもどう答えたらよいのか迷ってしまう質問があります。

「出身地はどこですか」

「ふるさとはどこですか」

普通なら考える必要のない質問でしょう。でも私にとっては「出身地⁉」「ふるさとって何だろう？」なのです。なぜなら私は戦前朝鮮で生まれ、父の仕事上一〜二年ごとに朝鮮内の各地を回り、敗戦によって引き揚げてからも札幌に始まってやはり一〜二年ごとに引っ越してまわる生活を送ってきたのですから。

最近やっと答えを見つけました。

「北海道です！」

なぜなら中学校を卒業するまでに一番長くいたのが札幌で二年あまり、それに両親とも北海道の出身で、北海道の気質の中で育ったからです。

そしてもう一つびっくりさせられる質問があります。私は朝鮮生まれと言うと、「朝鮮語ができますか」と尋ねられることです。考えてみれば当たり前の質問かもしれませんが、何の疑問もなく当然日本語で日本の文化で育った私は一瞬戸惑い、そしてやっと質問の意味を理解することになるのです。

当時朝鮮は日本の支配下にあって、おもな町には多くの日本人が住んでいました。当時町会とか隣組とか言っていた近所は全部日本人で、町のにぎやかなところには日本人の店が多く、家庭生活も社会生活も日本語でした。幼稚園も学校も(なかに一人か二人朝鮮人の子どももいるにはいましたが)日本とまったく同じでした。それが普通の暮らしでした。

ところが、一九四五年八月一五日、玉音放送によって日本が戦争に負けたことを知ったその日から、暮らしは一変しました。朝鮮は朝鮮のものであり、日本人は侵入者であることを思い知らされました。仕事を失った日本人は自力で脱出するよりほか生きる道はなくなったのです。そのようななか、私たちの家族も歩いて京城(ソウル)まで脱出することになったのです。そしてどうにか全員無事で脱出に成功し、日本に帰ることができたのでした。

それから八〇年近い日が過ぎようとしています。あのころのことをこれまで積極的に話しては来ませんでしたが、戦争放棄の定めがある日本国憲法の存続があやしくなってきた今、わずかな戦争体験であっても語り残すことが大切ではないかと思うようになりました。さいわい父の手記がありますので、それを手がかりに子どもであった私も自分の記憶をたどってみようと思います。

第一部　私は朝鮮で生まれ育った

——記憶の中の朝鮮、戦争、敗戦、そして脱出

1　釜山（プサン）

私の記憶はだいたい満三歳ごろ、釜山に始まります。父は大学を卒業して結婚し、国家公務員として朝鮮に赴任しました。長女の私は、赴任先の光州（クァンジュ）で生まれ、その後平壌（ピョンヤン）に移り、そして京城（ソウル）に移ってそこで二歳違いの妹が生まれ、さらに釜山に移ったのでした。

釜山の家は西側が大通りに面していました。毎朝出勤する父を見送ったあとはしばらく大通りを眺めるのが習わしでした。大通り

1937（昭和12）年１月　光州にて
中央がかよ子（生後１ヶ月）

の左の先に学校があって、登校する中学生（男子）や女学生たちが軍隊のように足並みをそろえてきれいに歩くのを見たかったからです。

　夏の夕方にはよく家族で散歩に出かけたものです。大通りと反対の方向に行くと幅が五〜六メートルほどの川があって、コロコロといい声が聞こえていました。カジカガエルでした。バスに乗って海水浴に行ったこともありました。そのころの釜山はにぎやかな町でしたが、町を少しはずれると広い田んぼがありのんびりした田舎の風景でした。

1939（昭和14）年　母方の祖父と一家

2　新義州（シニジュ）へ（一九四〇年ごろ〜）

新義州の暮らし

　四歳になる前に朝鮮半島の付け根のあたり、鴨緑江（アムノッカン・おうりょっこう）の河口に近い新義州に引っ越しました。釜山から新義州への途中京城で汽車を降りて南大門近くのホテルに一泊し、南大門を見に行ったことを覚えています。母は身ごもっていたので大事を取ってゆっくりとした旅にしたのでしょう。

　新義州はきちんと区画されたきれいな町でした。釜山に比べると人が少なく静かでした。朝鮮人よりも支那人（そのころは中国人をそう呼んでいた。また新義州では満州人とも言っていた）が多く、てん足（足を人為的に小さくする中国の女性の風習）の女の人たちが何かしゃべりながらよちよちと歩くのをよく見かけたものです。

　家の向かいには裁判所の裏門がありました。右に一〇〇メートルあまり行くと鴨緑江の堤防で、左に行くと町の中心の通りがあり、通りを横切った先が公園の入口になっていました。この公園には当時公会堂と言われたりっぱな建物がありました。朝鮮風でもない中国風でもないヨーロッパ風の建物でした。公会堂に面して広場があり、周辺には低い山と池がつくられていました。高いポプラの木が幾本か並んでいて、支那人が登ってカラスの巣から卵を盗って食べたりポケットに入れて持ち帰ったりするのを驚いて見ていました。

公園手前の角にはイロハ堂という日本人のお菓子屋さんがありました。そこには私たちと同じ年ごろの姉妹がいて、よく行ったり来たりして遊んでいました。

家族でよく鴨緑江の堤防へ散歩に出かけました。堤防に上がると向こう側には工場か倉庫のような粗末な建物が少しあり、その先に鴨緑江が見えました。鴨緑江は水がたっぷりあって、よく長いいかだがゆっくりと流れて行くのが見られたものです。対岸は中国（当時は満州であった）の安東（今は丹東という）で、低い家が並んでいるのが遠く見えました。堤防を右手（上流）方向にしばらく歩くと、新義州と安東を結ぶ橋と鉄橋がありました。

私たちは何回か鴨緑江を渡って満州に遊びに行ったものです。春には汽車に乗って安東の動物園に行きました。そのころは木で造られていた橋を歩いて渡ったこともあれば、ポンポン蒸気と言われる小さな船で渡ったこともあります。冬には鴨緑江が凍るので船は動かず、代わりにそりが活躍していました。そりはたたみ半畳より少し大きくて、こぎ手が長い棒で氷の面を後ろに突くと前へ進むのでした。調子づいてくるとそりは風を切って飛ぶように進みます。鴨緑江の上では身体を前にかがめて手を後ろに組み、気持ちよさそうにスケートをしている人たちがいました。

新義州は渡り鳥の通り道らしく、秋には真っ赤な夕焼けの空を雁が「く」の字になったり「へ」の字になったりしながら飛んで行くのでした。

裁判所の裏門で

家の向かいの裁判所ではいろいろなことがありました。

ある日、裁判所で働いている支那人や朝鮮人たちが裏門のあたりで座りこんでいました。いつまでも座っています。正面に回ってみると、そこでも人びとが座りこんでいました。私は不思議でした。聞くと、賃上げか待遇改善か何かの要求を掲げて座りこんでいるということでした。その時はよくわかりませんでしたが、ずっと後になってそれはストライキだったと理解しました。一九四〇年か四一年ごろのことです。

ある朝、家の前にたくさんの支那人が集まっていました。不思議に思ってそっ

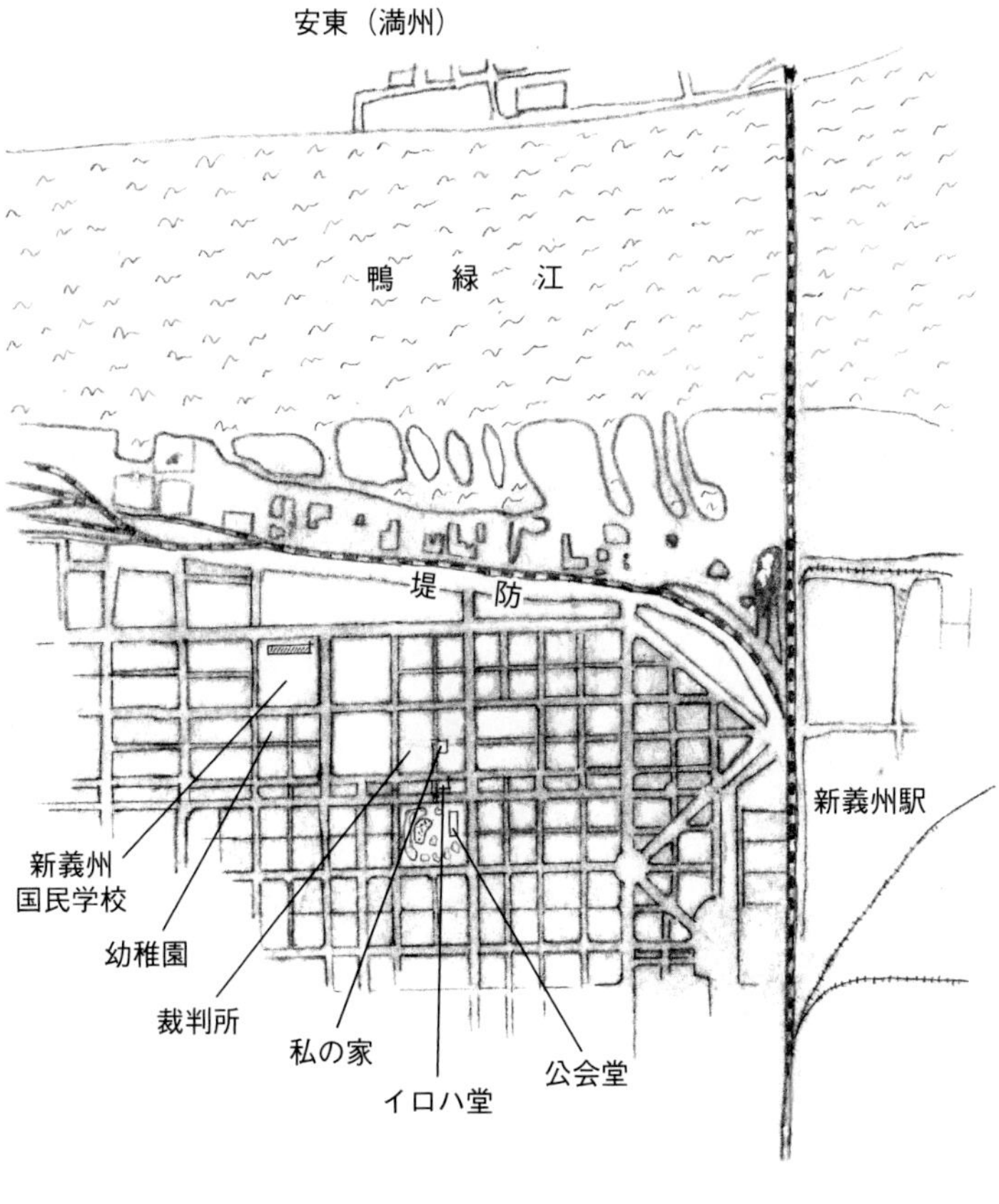

新義州（当時の地図をもとに）

と見ていると、バスが来て裁判所の裏門の前で止まりました。そして縄で腰を縛られてつながれた人たちが次々と降りてきました。全員目のあたりに小さな穴がいくつも開いたかごのようなものをかぶせられていました。その人たちが降りてくると、門の前で待っていた人たちが駆けよって取りすがり、おいおい泣きだしたのです。門に隠れて見ていた私は驚きました。母の説明では、満州で捕まった匪賊《ひぞく》の裁判があるから家族が会いに来たのだろうということでした。満州で匪賊が出たとか匪賊が捕まったなどという話は何回か耳にしていました。今でいう抗日戦線のことでしょう。そういう歴史的事実を、それとは知らずに目撃していたのでした。

戦争が始まった

ある冬の日、ラジオが緊迫した声で「真珠湾攻撃」と言うのを聞きました。新聞には大きな見出しがありました。真珠湾攻撃、日本がアメリカと戦争を始めたということを知りました。はじめのころは、日本が勝っていると勇ましい話ばかりが伝えられていました。戦争はすぐに日本の勝利で終わるというような話でしたが、実際にはそういきませんでした。子どもの世界でも軍歌が歌われるようになり、遊びも兵隊ごっこや看護婦さんごっこになり、暮らしがだんだん変わり始めました。

ある日父が頭を丸刈りにして帰ってきました。私はびっくりして、「兵隊さん」のようになった父の頭をしげしげと眺めました。戦争だから男はみんな髪を短く刈ることになったのだと聞きました。またある日、父が見慣れない服を着ていました。国防服といったと思いますが、くすんだ黄土色で兵隊が着る軍服と同じように見えました。ズボンの膝から下の部分が細くなっていました。父はその脛《すね》にゲートルを何回も巻いてははずして、確かめていました。ゲートルというのは、国防服と同じような色の厚地の布でできた包帯のようなもので、兵隊はみんな巻いていました。公務員の父は次の日から国防服を着てゲートルを巻いて兵隊のような帽子をかぶって出勤するようになりました。

母の服装も変わりました。ふだん着は和服でしたが、もんぺをはかなければならないようになりました。母は持っていた着物をつぶしてもんぺにつくり直しました。そして隣組ができて回覧板が回るようになり、防火訓練といって隣組が集まってバケツリレーの練習をしたりするようになりました。空襲に備えて防空頭巾をつくらなければならなくなり、母はこれもまた着物をつぶして、綿のたっぷり入った分厚い防空頭巾をつくってくれました。

早く逃げようよ

国民学校一年生ぐらいのときの朝礼での校長先生の話を覚えています。その話というのは、満州の向こうの支那の奥のほうで、蒋介石《しょうかいせき》という悪い人が（と校長先生は言った）日本の言うことを聞かないので、日本はそれを懲らしめるために戦争をしているというものでした。校長先生は話しながら校舎の後ろ、鴨緑江の方を指さしました。私はこわくなりました。満州といえば鴨緑江の向こうです。家に帰ると、「満州で戦争をしているんだって、早く逃げようよ」

私は必死で親に訴えました。親は、満州といっても遠いところのことだから大丈夫、といって取り合ってくれません。でも、私はこわくてたまりませんでした。

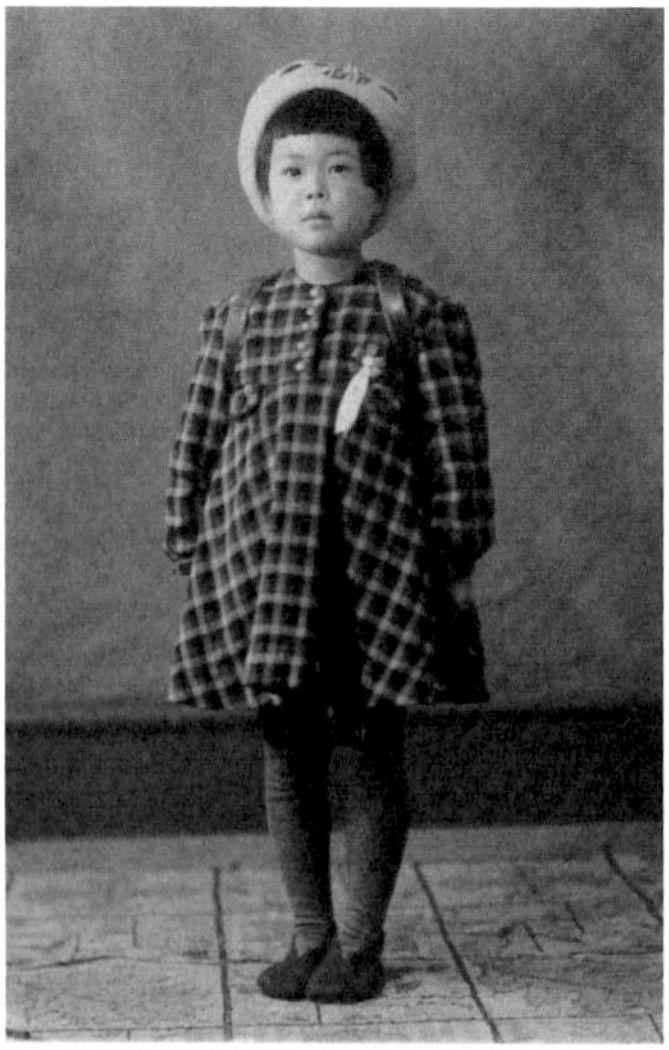

1943（昭和18）年
小学校入学記念（6才）

　ある日、家に人夫が二～三人来て庭の土を掘り始めました。防空壕を作るということでした。空襲に備えて防空壕を作らなければならなくなったのです。土を掘ってくぼみを作り天井の支えを作って上に土をかぶせました。横に小さな入り口が作られました。私は横で見ていた父に尋ねました。

「爆弾が落ちても大丈夫なの？」

　父は言いました。

「いや、爆弾が落ちたらもうだめだ。爆弾の破片だったら大丈夫だろう」

　ちょうどそのころでしたか、戦争で毒ガスが使われるという話を知りました。そして隣組で防毒マスクが二つ配られてきました。母がそれをかぶると、皿のよ

1943（昭和18）年5月10日　父方の祖父母と一家

うに大きい目と鼻のあたりに取りつけられた太いホースだけの、ちょうどカマキリのような不気味な顔になりました。毒ガスが来たらそれをかぶって風上の方へ逃げるということでした。

「子どもはどうするの？」

私は必死で聞きました。母は、

「子どもの防毒マスクはないから、ぬれた手ぬぐいを鼻と口に当ててできるだけ息をしないで逃げるの。でも大丈夫よ、お母さんが絶対助けるから」

私はほんとうにこわくなりました。

3　元山（ウォンサン）で

元山へ

国民学校二年生の夏、元山に引っ越しました。父は公務員だったので、数年ごとに勤務地が変わるのでした。元山は日本海に面した港町で、家は山すそを切りくずして石垣を積み上げた高台の一角にありました。家を取り囲む生け垣は朝鮮の国花と言われるレンギョウで、春には黄色い花で取り囲まれる家でした。家からは元山の湾と向こうに張り出した洲が見えました。そこは飛行場だということでした。裏の山はやせた赤土で、低い松がまばらに生えていました。春には山ツツジがそこここにピンクの花を咲かせるのでした。

国民学校の生活

学校は家のすぐ近く、高台の階段を下りて道を横切ったところに正門がありました。そのころは男女別学だったので男子と女子は別の組でした。教室には前と後ろ二つの入り口がありますが、子どもは後ろの入り口から出入りするこ

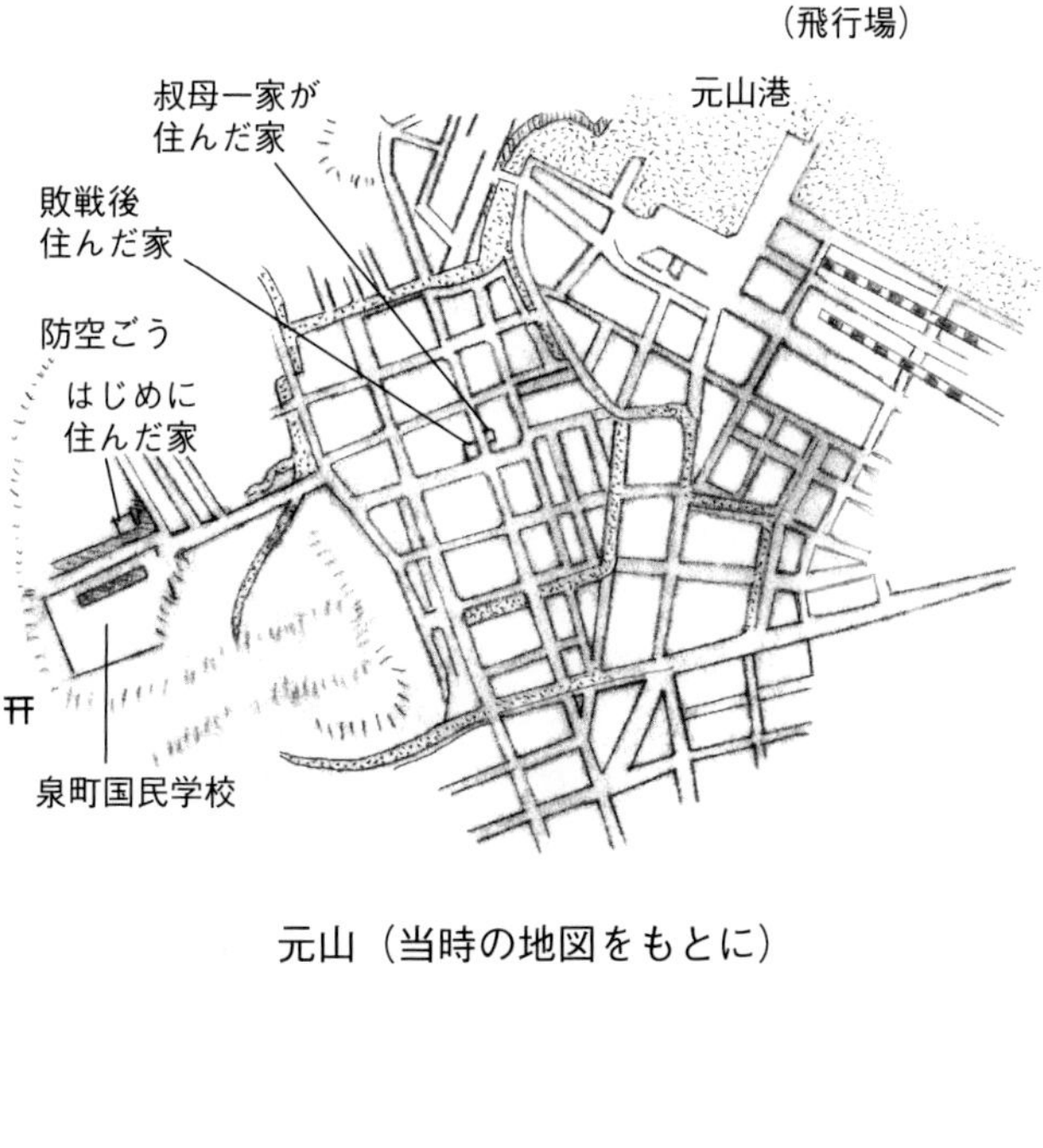

元山（当時の地図をもとに）

とになっていました。

「戸のしきいを踏んではいけません。お父さんやお母さんの頭だと思いなさい」

どの教室も黒板の上には二重橋の写真がかかっていました。教室に入るとまずその写真に向かって最敬礼をして、そのあと自分の席に行くことになっていました。

あるとき、授業が始まる鐘が鳴っても席に着かないで、みんなで立ち歩いていました。そこに先生が入ってきて、立っていた人はみんな後ろに立たされました。私もその中の一人でした。

放課後、先生は立たされていた子たちを教室の後ろに正座させて言いました。

「兵隊さんはお国のために戦っていらっしゃるのです。みんなはちゃんと勉強しないで天皇陛下に申しわけないと思いませんか。二重橋の写真を見て反省しなさい。反省した人は先生に話しに来なさい」

私は困ってしまいました。立ち歩いていたのはよくないと思うけれど、二重橋の写真を見ても何を考えたらいいのかわかりませんでした。みんなは手を合わせて写真を拝んでから先生のところに行き、何か言っています。そうすると許されて、一人ずつ帰っていきました。とうとう最後になってしまいました。困った私は、同じように手を合わせてから先生のところに行って、他の人が言ったのと同じようなことを小さい声で言いました。

「早く帰りなさい」

先生はすぐに帰してくれました。

お弁当がない！

ある日、教室に入って来た先生が、机の中にお弁当があるかどうか見るようにと言われました。学校に来ると机の中にお弁当を入れることになっていました。

机の中に手を入れて弁当箱を探りました。が、朝来たときにたしかに入れておいたお弁当がなくなっていました。何回も探したがやはりありませんでした。もう一人お弁当がない子がいました。先生はその子

通っていた元山泉町国民学校（ポストカードより）

と私を教室に残して、みんなを運動場へ遊びに行かせました。

「さっきお便所に空の弁当箱が捨ててあるのが見つかりました」

　そしてもう一人の子に、

「お弁当を食べましたか」

と聞きました。うつむいていたその子はうなずきました。

「中にどんなものが入っていた？　ここに書いてごらん」

　先生がチョークを渡すと、その子は四角い形を指された場所にいくつか書きました。先生は私に向かって、

「お弁当に何が入っていたか知っている？」

　私はお弁当をつくるところを見ていたので知っていました。それは缶詰のさつまあげでした。私はさっきの子が書いた四角の端を丸く直して見せました。はっきりしました。先生は私に、

「〇〇さんを許してあげてね」

と言いました。私はうなずきました。私はそれよりも弁当箱がなくなったことを母に叱られるのではないかとそればかりが心配でした。先生からの手紙でこれを知った母は、弁当箱については何も言いませんでした。

　あるとき学校からみんなで松の根を採りに行くことになりました。日本は戦争のための飛行機の油がない、その油を松の根から採る、松根油を採るために松の根を掘りに行くということで、みんなで山へ出かけました。山に松はありましたが根を掘る道具はありませんでした。私たちは困ってうろうろするばかり、先生たちがわずかなシャベルで少しばかり掘り取っただけでした。

「日本はもうダメだ」

　戦争はますます激しくなっていきました。日本本土は空襲で東京が焼け野原になった、大きな町ばかりでなく小さな町も次々空襲を受けている、沖縄にアメリカが上陸した、次は本土だなどこわい話ばかり聞くようになりました。食糧事情も悪くなっていきました。米の配給は滞ったり、米の代わりにほかのもの・代用食が配給になったりするようになりました。代用食としては真っ黒なドングリパンが配給になったこともあり、食べると渋みがあってパサパサしていました。そしてしまいにはそのようなものもなくなって、母は持っていた着物を食べ物と交換したりしてどうにか毎日の食糧を確保するような暮らしになっていきました。戦争の相手のアメリカやイギリスではこんな暮らしはしていない、食べ物もちゃんとあるという話は聞いていました。

「これはもう日本はダメだよ」

「そんなことを言わないでお国のためにがんばらないと」

父が言うのを、母はたしなめていました。よその家では男はみんな兵隊に取られて父親がいないのが普通でしたが、私の父は技術者だったので兵隊に取られることはありませんでした。

私は戦争がこわくてたまりませんでした。

「外国は戦争をしていないの？」

「アメリカには空襲はないの？」

「どうしてほかの国は戦争を止めてくれないの？　どうして助けてくれないの？」

「日本のことは日本でしないといけないの」

母の返事に私は悲しくなりました。

空襲

元山でもときどき警戒警報や空襲警報が出るようになりました。真っ青な空の頭上高く飛行雲をつくりながら飛んで行く飛行機を見ることもありました。「あれがＢ29…」とみんなが見ている頭上をＢ29が轟音とともに飛び去り、そのあとで警戒警報が出たりすることもありました。学校ではときどき警戒警報が出たときの訓練があり、実際に警報が出て防空頭巾をかぶって家に走って帰ったこともありました。

　裏の山には町内の防空壕がありました。赤土の崖にトンネルの入り口のような穴が二つ開いていて、中でつながっていました。空襲警報が出ると防空頭巾をかぶり、避難のための物を入れたリュックサックを持って防空壕に走ります。隠れていると、ズシーンとおなかにひびくような音がして、爆弾が落とされたことを知りました。元山は軍港があるので実際に爆弾が落とされることもありました。爆弾は下町の方に落とされたので、私たちの方は大丈夫でした。

　防空壕では困ったことがありました。それは壕の中によく大便がしてあったことで、避難してもうっかり防空壕に入れませんでした。汚されると昼の間に隣組で掃除をするのですが、次に避難するとまた大便が並んでいたりするのでした。朝鮮人がいやがらせでやっているという話でした。

　ある夜、空襲警報が出て防空壕に避難すると、Ｂ29の音が聞こえているのに、近くで朝鮮人たちがたき火を始めました。普通は警報が出たら電灯などを消して暗くすることになっていました。たき火をするということはそこに人がいることをわざわざ知らせるようなものでした。大人の人たちが朝鮮人にたき火を消すように言いに行くのですが、言うと横に置いてある戸板をたき火にかぶせ、戻るとすぐまたそれをとってたき火を始めるのでした。これもいやがらせで、どうすることもできませんでした。

家族が増えた

このころ、家族は九人になっていました。元山に引っ越してきたときには両親と私、妹二人の五人家族でしたが、下に三番目の妹が生まれ、さらに叔母（父の妹）とその子どもたち二人――私より少し年上の従兄と同じ年ごろの従妹が同居することになったからです。叔母たちは祖父母（父の両親）と共に麗水（ヨス）に住んでいました。叔父は兵隊にとられていました。祖父母が相次いで亡くなったため残された家族が私たちと一緒に住むことになったのです。

4　日本が戦争に負けた

玉音放送

夏のある日、玉音放送があると聞きました。空の青い暑い日でした。昼ごろみんなラジオの前に集まりました。ラジオからは雑音に交じって天皇の声が聞こえてきましたが、何を言っているのか私にはわかりませんでした。放送が終わって母と叔母は、日本が戦争に負けたらしいと言葉を交わし少しだけ涙をふきました。

日本は戦争に負けました。夕方父が帰ってきてはっきりとそのことを知りました。何かが変わる。不安は大きかったですが、それは私にとってはほんの少し楽しみでもありました。何かが変わると思えたからです。

変化はまず空襲がないということに現れました。夜電灯に黒い布をかぶせて重苦しくひっそりしている必要はなくなり、空襲警報のサイレンを気にしないで眠ることができるようになりました。夜電灯をつけてもよいということは子どもにとってはたいへんうれしいことでした。

元山は38度線の北だった

終戦と同時に町のようすが変わりました。朝鮮人が元気になってのびのびと外を歩き、日本人は小さくなって家の中にひっそりしていました。何があるかわからないからあまり外に出ないようにと言われ、子どもたちはほとんど外で遊べなくなりました。歩いて二分ほどの学校へすら行かせてもらえませんでした。朝鮮人社会に青年団というものができて、集まってマンセイ（万歳）の歌を威勢よく歌い気勢を上げる声がよく聞こえてきました。これは無気味でした。朝鮮人は「日本に勝った」と喜んでいるという話が伝わってきて、それを聞いた母は、「朝鮮も日本と一緒に戦争をして負けたのに、どうして勝ったなんて喜ぶのかしら」

と不服そうに言っていました。

ラジオ放送はなくなり、父は仕事がなくなり、情報はもっぱらうわさでしか知ることができなくなりました。

そのころ、「38度線」という言葉がささやかれ始めました。朝鮮は38度線で区切られ、その南はアメリカが北はソ連が占領するといううわさが広がりました。大人たちは、元山は38度線の北だからソ連が来るらしいと声をひそめて話していました。ソ連は何をするかわからないから、アメリカの方がよかったなどと大人たちのひそひそ話が聞こえてきました。これまでアメリカはもっとも憎むべき敵だと教えられてきたのにどうして急にアメリカの方がよくなったのか、私には理解できませんでした。でも大人がそういうのならアメリカのほうがよさそうだと思いました。

ソ連軍は空からやってきた

まもなく占領軍のソ連軍が飛行機でやってきました。元山は軍港があったので占領軍が来るのは早かったと思います。飛行機が海上を旋回して、海に張り出している洲の上を通るたびに落下傘が次々飛び出しました。そして傘が開くとふわふわと降りて、洲の上に着地するのが家の窓から見えました。数えると毎回一〇個ずつ落下傘は飛行機から飛び出すのでした。港には機雷が多く沈められているので、飛行機で来たということだったように思います。

数日後、海で不思議なことが起こっていました。静かな海面が一瞬ちょっとへこんだかと思うと、次の瞬間そこに急に水柱が高く盛り上がってすごい水しぶきとなって散り落ちていきます。それが場所を変えて何回も起こるのでした。港を封鎖している機雷を爆発させて除去しているということでした。機雷の除去は数日間やっていたように思います。高台にある家の出窓の上から私はその一部始終を見ていました。

そうこうするうちに学校がソ連軍に接収されるといううわさが入り、そしてほんとうにソ連軍がやってきました。私たちの学校は軍の病院その他の施設になり、軍の車両がひんぱんに出入りするようになりました。敗戦以来日常生活は失われ、学校へ行くこともなくなっていましたが、学校がソ連軍に接収されたことはやはりさびしいことではありました。

やがて日本人の家の家宅捜索が始まりました。武器などを隠し持っていないか片はしから調べていくのです。ロスケ（ロシア人、ソ連兵のことをこう呼んでいた）がやってきて土足で家に上がったとか、何か持っていかれたとかいろいろなうわさが飛んでいました。

ある日突然ソ連兵が三人ほど家に入ってきました。私たち子どもはびっくりして奥に逃げ込みました。ソ連兵は家の中をあちらこちら見回ってすぐに出て行きました。意外にも靴を脱いで上がり何も荒らさず出ていきましたが、あとで父の腕時計がなくなっているのに母が気づきました。たぶんソ連兵が持っていったのでしょう。

何日か過ぎたころ、またロスケが一人やってきました。母は留守で叔母が出ていくと、家に入りこんだロスケは叔母をつかまえようとしました。叔母は驚いて台所の方に逃げましたが、追いかけていきます。私たちが心配してそちらの方に行くと、ロスケは大きく手を振って「あっちへ行け！」みたいなことをどなります。私たちが逃げ出すと叔母はあわてて「みんなこっちに来てー」と叫びます。また台所の方に走りました。ロスケはまた「あっちに行け！」、叔母は「こっちに来て！」……何回かそんなくり返しがあったあとで、ロスケはとうとうあきらめて出ていきました。

六畳に六人、四畳半に三人

やがて私たちが住んでいる一角がソ連軍に接収されることになりました。将校などの宿舎になるという話でした。私たちは家を出なければならなくなり、父は学校の前の通りを数百メートル下ったあたりの角に部屋を見つけてきました。六畳一間に私たちの家族六人が入り、向かいの家の四畳半を借りて同居していた叔母の山本一家三人が住むことになりました。両家族は、食事など昼はだいたい一緒に過ごし、寝るときはそれぞれの部屋でという暮らしになりました。

部屋は通りに面していたので、ソ連軍の車両や兵隊がよく行き来するのが見られました。ソ連兵に近づかないようにと親からは言われていましたが、私たちを含めて子どもたちは初めはこわごわと、しかし慣れてくるとかなり大胆にソ連兵たちと交歓するようになりました。ロシア語の片言を覚えて言葉のやり取りを楽しんだり、そのころソ連兵の間で流行っていた「カチューシャの歌」を教えてもらってロシア語で歌ったりしていたのを覚えています。

しかし暮らしはたいへんでした。日本人は敗戦と同時に仕事を失いました。収入がないのですから、持っているわずかなものをお金に換えるか物々交換で食糧を手に入れるしかありません。戦争末期はもともと食糧難で米の配給はほとんどなくなっていましたが、敗戦後はもっとたいへんになり、毎日がコウリャンだんごでした。コウリャンとは、アワを少し大きくしたような形で赤っぽい色の穀物です。それの粉に水を入れてこねてだんごにし、焼いたり汁に入れたりして食べていました。秋ごろにはその汁にはダイコンが入っていましたが、やがてそれもなくなり、しょうゆか塩で味をつけた汁にだんごが入っただけのものでした。

発疹チフスがはやり始めたのもそのころでした。ノミやシラミ、ケジラミには悩まされていましたが、そのシラミが発疹チフスの原因で、たいへんこわい病気と聞いていました。あるとき、発疹チフスで死んだ人がいるといううわさが子どもたちの間で広がりました。市場の近くの道端だと聞いて、こっそり見に行きました。町中を流れる川に沿った道端にむしろをかけられた人が置かれていました。毛が薄くなった頭だけがむしろの端からのぞいているのを遠くからこわごわ見て、大急ぎで帰ってきました。もちろん親には内緒でした。

タバコ売り

あるとき父がどこからかタバコの葉を手に入れて帰ってきました。それで巻たばこをつくって売ろうというのです。タバコの葉を細く切り刻んで、適当に切った紙――その紙はそのとき家にあった一番いい紙、便せんでした――で巻いて端にのりをつけて、巻タバコをつくりました。簡単な道具で巻くのですが、どうしても片方が細くなったり葉がはみ出したりしてうまくはいきませんでした。それでも形のいいものを束ねて、母や叔母は市場の雑踏へ売りに行きました。私もついて行ったことがありましたが、だれも買ってはくれませんでした。

このままでは生きていけなくなる、何とかして脱出しなければ…大人たちは相談していました。

5　脱出

船底に隠れて

　ある日、船で脱出するという話が出てきました。日本に行く貨物船があるので、船底の荷物の間に隙間をつくって隠れて脱出するというものでした。出港前には荷物の検査があるので見つからないように息をひそめて隠れていなければなりません。運よく見つからずに出港でき、運よく機雷に触れなければ、何日かの航海で新潟に着く、日本に着きさえしたら何とかなるだろうという計画でした。

　ところが私の一番下の妹は生まれてまだ三～四か月でした。船底でしばらく静かにしていられるかはわかりません。そこでこの脱出計画では両親と下の妹は残り、私たち姉妹三人は叔母に連れられて従兄妹二人と一緒に船に乗ることになりました。私は絶対行きたくありませんでした。こんなときに親と離れるのは何としてもいやだったし、船も機雷もこわかったからです。けれどこれしか方法がない、親たちはあとから何かの方法で必ず帰るからと説得され、船に乗らざるを得なくなってしまいました。

いよいよその日、夕方暗くなってから私たちは家を出ました。暗い道を歩いて港に行き、明かりのない船に乗り込みました。はしごのような階段を船底に下りると、荷物の間に小さな入り口が作ってありました。そこから船底の荷物のすき間に降りていきました。私たちのほかに三〜四家族が一緒でした。ここで一晩待って、明日の朝検査が終わってから出港するのです。狭いところで息をひそめて朝を待ちました。ところが少しすると、大きないびきが聞こえてきました。ほかの家族のおじいさんが眠ると大いびきをかくのです。みんながおじいさんの体をゆすったり耳に口をつけて「おじいさん！」と言ったりして起こすのですが、すぐにまたいびきをかき始めてしまってどうすることもできませんでした。

出てきなさい！

そのうち夜が明けたのでしょう。突然向こう側で荷物をはげしく蹴る音が聞こえてきました。検査の人が来たという合図でした。私たちは身を縮めて待ちました。しばらくして入り口の荷物が取り除けられました。「みんな出てきなさい」というのです。見つかってしまったのでした。

出てみると夜は明けていて、ロシア人の軍属と朝鮮人が四〜五人私たちを見下ろしていました。ロシア人が何か言い朝鮮人が日本語に通訳しました。「こんなことをしても日本に無事に着けるかどうかわからない、みんな家に帰りなさい」ということでした。

私たちは捕えられてこわい目にあうこともなく、そのまま家に帰ることが許されたのでした。

「あのロシア人はやさしくてよかったね」

私たち子どもはほっとして、小さな声で話し合いました。

トラックは来なかった

しばらくしてまた脱出の話が出てきました。秋の終わりごろだったように思います。今度はトラックで脱出するという話でした。トラックの荷台に幌をかけてその中に潜んで38度線まで運んでもらうということでした。何日かかかるのでときどき食事やトイレで外に出なければなりません。そのとき日本人の姿では困るので母と叔母はチマチョゴリ（朝鮮服）を手に入れてきました。そしてああでもないこうでもないと着る練習をしていました。チョゴリ（上着）は右上をひもで結ぶのですが、その結び方は朝鮮人でないとできないと言われていました。結び方で日本人とばれてしまっては大変です。

さていよいよ出発の日、持って行く荷物をまとめ、残ったわずかな家財道具は全部売って、夕方暗くなるころ家を出ました。目立つといけないので、私たち九人は三つぐらいに分かれて出発しました。そして打ち合わせ通り、町はずれの道端で落ち合いました。そして、他の車などから目立たないように道路から少し離れたところでトラックを待ちました。トラックは四台で来るといいます。背丈の高いポプラの向こうの夕焼け色がだんだん消えて夜になっていきましたが、待っても待っても四台のトラックはやって来ませんでした。だまされたのです。しかたなく元来た道を引き返し、引き払ったはずの部屋に戻りました。

六畳間に六人、四畳半に三人の暮らしが再び始まりました。そして冬が来ました。寒さが厳しい朝鮮では冬には動くことができません。

冬の寒さがようやくゆるむころ、三回目の試み、歩いて38度線を越えることになったのです。

第二部　歩いて38度線を越える

ここからは、脱出に成功して日本に帰ってから父が書き残した記録があります。その記録に基づいて私の記憶を整理し記していくことにします。私はそのころも少し学校に行っていたら四年生になったばかりのころでした。

1　元山をあとにして

○一九四六年四月七日（脱出前日）○

脱出記

（一九五一年　関矢元弥《せきやもとや》）

家族九人、歩いてソウルへ

いよいよ、明日歩いて出発することに決めた。

準備は万端できている。途中の着替え用に二〜三の衣類を残し、他は全部売って現金に換えた。雑誌、刊行物、書類などで売れないもの、売ってはならないものは、全部焼いてしまった。神棚、仏壇は、泉町の官舎を接収されて引き払うとき、すでに焼きすててある。父と母の遺骨は大部分元山の東本願寺にあずけた。

各種の辞令、履歴書は焼却した。家財道具、ふとん類一切も売り払った。何もかも処分して、出発するほかもうあと戻りはできない。

持参するものは父母の遺骨の一部、位牌、過去帳、数珠、祖先の系図、写真の一部など、すでにリュックサックに詰めてある。現金は財布に少々入れてあるほか、私、妻、子どもたち各々に分けて、腹巻きにぬい込んである。あとは明朝三食分の弁当を作るばかりである。いり米、いり豆、あめなどすでに用意してある。

持って行く米は袋に入れてある。鍋、食器など途中必要なものもまとめてある。

夜、最後の打ち合わせのため同行者の間崎君のところ行く。

歩く練習

そのころ、私たちは泉町の家を接収されて学校前の坂を下ったところにある家の部屋に住んでいました。六畳一間に六人、そして同居していた叔母の一家三人は向かいの家の四畳半の部屋で寝泊まりして、食事は一緒にするという暮らしでした。

出発の半月ほど前から私たちは「歩いて38度線を越えるんだよ」という話を聞いていました。だれにも言うんじゃないよと念を押されながらのことでした。一日にだいたい八里（一里は約四キロメートルだから八里は三二キロメートル）歩いて38度線を越えて京城へ脱出するということでした。

そしてふだん子どもに関わることの少なかった父が、毎日のように五才の妹を連れて散歩に出かけるようになりました。父は「みち子の歩く練習」と言っていました。慣れてくると半日ぐらいも歩きに連れて行っていたように思います。「私

も行きたい」と言いましたが、
「大勢で歩くと目立つからだめ。子どもたちは外で遊んでいなさい」
と言われ、私たちはいつも通り家のまわりで遊ぶしかありませんでした。

○四月八日（第一日目）○

ばらばらに出発

妻と妹は早朝から弁当づくりに忙しい。子どもたちの身支度、ことに妙子のオムツの始末はたいへんだ。

午前九時、第一グループ・私と長女かよ子（九才）と三女みち子（五才）が出発、次に第二グループ・妻、次女かず子（七才）、四女妙子（八か月、妻がオンブ）、最後に第三グループ・妹山本一家（妹とその長男（一二才）と長女（八才））が、それぞれ三〇分くらいの間隔をおいて家を出る。他の同行者もあい前後して出発しているはずである。

元山の府内は人目につきやすく保安隊の目が光っているので、分散して家を出る約束である。家の前の裏道を通り、駅前に出てやみ市の雑踏を抜け、元山郊外の葛麻の踏切付近で妻のグループと一緒になる。妹一家はなかなかやって来ない。途中民警隊に捕まって調べられているのではないかと心配する。道はよく教えてあったが間違えたかも知れないなどあれこれ案じているうちに、向こうの曲がり角からそれらしい人影が現れてきた。妹一家であった。聞いてみると、やはり道がよくわからなかったので間違っていたのだという。

まずこれで私の一族が勢ぞろいしたことになる。大人三人、子ども六人、そのうち乳のみ子の妙子は妻の背にオンブし、みち子は宏(妹の長男)に手をとられて。

38度線までの距離約二二〇キロ、鉄道線路沿いの道を一路南へ。保安隊とロシアの目は光り、38度線を越えることは禁止されている。朝鮮人の迫害も予想される。ふと不安の念が横切ったが、どんなことがあっても決行しなければならないと気をとり直す。元山にそのまま留まっていては、一家餓死を待つばかり。明るいニュースは一つもない。売り食いの品物は次第に少なくなった。その残り少ない家財道具一切を売って、途中の旅費をつくった。いまは身につけている着物と、持って行く最小限の品物のみである。

一キロ行っては休み、五〇〇メートル歩いてはいり米をかじり、子どもたちは案外元気である。あるいは、遠足にでも出かけている気持ちかも知れない。途中脱出の日本人に追い越される。踏切り近くで朝鮮人の若者に道を聞いたら、親切に教えてくれた。第一日目の旅程は約一六キロ、安辺付近の部落に着いたのは薄暮六時ごろであった。

安辺（アンビョン）に住む日本人

部落に着いて、その夜の宿、民家を探し求めたが、なかなか泊めてくれない。日本人の家族がいると聞いて行ってみると、朝鮮人のオンドルを借りて住んでいた。聞けば、咸興（ハムフン）付近に住んでいたが、終戦後ロシアに追われてここまで逃げて来たという。

当時真夏だったので、文字通り着のみ着のままで、老人がいたがこの付近で死んだとか。主人は三四～五才、奥さんは三〇才近く、子どもは二人、ふとんも何もない。うす暗いオンドルで、重なり合って眠っていた。

宿を頼むと、この部屋はとても狭くて寝る場所はない。家主に頼んでも他の部屋を貸してくれる見込みはない。大体この部落の人たちは日本人に便宜を与えない申合せをしているので、私からは頼みにくいとのこと。その人の立場を考えて、迷惑をかけては悪いのであきらめて、他の朝鮮人の家を二、三交渉してみたが、いずれも言を左右にしてらちがあかない。日はとっぷり暮れて疲労はなはだしく、子どもたちは空腹を訴え、そしてだんだん寒くなってきた。

この上は野宿するよりほかないと、ある民家の軒下に腰を降ろして、冷たいおにぎりの夕食を子どもたちに分けて与えた。朝鮮の子どもたちが物珍しそうに寄ってきたが、追払う気力もない。しばらく休んでいると、若者が近づいて来て、自分の家のオンドルが空いているから今夜一夜貸してやるとのこと。一同蘇生の思いで、早速その若者に案内させてオンドルに落ちついた。

先刻の日本人が夫婦でそろってやって来て、朝鮮味噌と〝どじょう〟をもらった。人の情が身にしみる。日本人同士の心安さでいろいろ話をした。着るものは何もなく、朝鮮人から借りたりもらったりしていること、主人は安辺付近の工場に勤めているが、収入が少ないので食うや食わずのその日暮らしをしていること。歩いて脱出しようにも旅費がないのでどうしようもないことなど、私たちの身に引きくらべて本当に同情し、夜おそくオムツを洗ったり明日の行程を相談したり、炊飯の準備をしたりしたあと、狭い四畳半くらいのオンドルに身体をくっつけ合って横になった。オンドルがよく効いて温かいが、足のあたりがかゆいので夜中に明かりをつけて調べると、大きな〝ピンデ〟（南京虫）が壁を右往左往していた。

疲労していたので眠るには眠ったが熟睡できなかった。

その日、私は父と二番目の妹みち子と出発しました。家族がばらばらになるのがとても心配でしたが、町はずれでみんな無事に合流することができました。それから、いなかの道を歩きました。お父さんはどうして道がわかるのかなあと思いながら歩いていました。

父は大きなリュックをかついで両手に荷物を持っていました。母は八カ月の妹をオンブし、腰に風呂敷に包んだ荷物をくりつけていました。叔母は大きな風呂敷に荷物をくるんで背中にくくりつけ、両手にも荷物を持っていたように思います。五才の妹を除く子どもたち四人は、それぞれの着替えなどを風呂敷に包んでやはり背中にくくりつけていました。リュックサックのような便利なものはありませんでした。

歩きに歩いて夕方になり、そろそろいやになったころ、ある村で日本人に出会

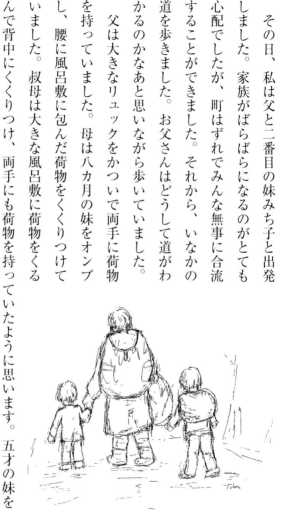

いました。大人たちはたいへん驚いて、さっそく互いの事情を話し始めました。聞いていると、その人たちは町から逃げて来てここに住むようになったというようなことを言っていました。私たちは逃げていくのに、その人たちはよそから来てここに住むようになったというのでびっくりしました。その人たちはかなりくたびれた様子で、うす汚れた朝鮮服のようなものを着ていました。

泊めてくれる家を探して、やっとある家で泊めてもらえることになりました。朝鮮人の家です。四畳半ぐらいのオンドル（朝鮮の伝統的な床下暖房の部屋）でした。暗くなってから先ほどの日本人が訪ねてきました。同情にドジョウを持ってきたというような話をして、大人たちはまたいろいろ話し合っていました。

みんなが温かいオンドルに横になって眠りかけていたとき、父が突然明かりをつけてあたりを見回していました。

「ピンデがいる！」

見ると壁に無数のピンデ（南京虫、かまれると赤くはれてとてもかゆい）が這いまわっています。妹はあごのあたりをかまれたらしく、赤くはれ上がっていました。私もかまれてかゆかったけれど、昼間の疲れですぐに眠ってしまいました。

○四月九日（第二日目）○

同行者たちと合流

早朝に起きて炊飯。この家の主人の好意で釜などを貸してくれた。まきももらった。二食分の弁当をつくり、オムツの始末、出発の準備はなかなか忙しい。家主の好意を謝し、なにがしかのお金をおいて出発したのが七時半ごろであった。近くの田んぼのほとりで、昨夜の日本人の奥さんが朝露にぬれながら、セリを摘んでいた。お互いに手を振って別れを惜しんだ。

坦々として道はよかった。いく組かの日本人を追い越し、追い越される。みな、脱出の人たちである。小川の岸で休んでオムツを洗っていると、真崎君、山田君、小野君、所君の一家に相前後して出会った。まずこれで予定通り都合よく進んだ。一行二〇幾人が一緒になったので、多少心強くなった。互いに第一日目の苦心を語り合って、無事を喜んだ。

子ども連れの旅は

子ども連れの家族が多いので、ゆっくり歩きときどき休む。道は鉄道線路に沿っていて、南に向かって進む。子どもたちは昨日の疲れを回復して元気である。昨日はみち子をときどき私と妹でかわるがわるオンブしたが、今日はすっかり元気である。オンブしないでも、チョコチョコ遅れずに歩いている。

私はリュックを肩にかけ風呂敷包みをもち、妹は大きな包みを背負い両手にもぶら下げているので、みち子をオンブすればどちらかが二人分の荷物を持たなければならない。私には今日はもうとてもそんな余裕はない。一行のうち私の一家が一番子どもが多いので遅れがちだ。

小野君のおばあさん（七〇才ぐらいであろう）が、一行の最後に曲がった腰に杖を頼りに、汗をふきふきついて来る。

苦心したのは洗ったオムツの乾燥だった。しかし、窮すれば通ずで、長い竹ざおにオムツをかけて、両端を二人で持って横に並んで歩く。こうしてものの二〜三時間もするとすっかり乾いてしまう。交通妨害にはなるが、田舎の道は人通りがまばらであるからたいして邪魔にならない。

日本人の乗った馬車は通さない

後ろから馬車が追いついて来た。行先を聞くと私たちが今日の目的地と決めている部落に近い。好意を持っているらしいので交渉してみると、老人と子どもを乗せてやるという。歩行の遅い者が馬車に乗ったので進行がはやくなった。やがて、路面がでこぼこして石ころの多いところにかかる。

遠くの方に人の群れが見える。終戦以来、朝鮮人の日本人に対する感情は悪化している。比較的親日的な朝鮮人も、公の場所では反日的にふるまわなければならない社会情勢になっている。いろいろの迫害やいやがらせを受けた。だから朝鮮人の群衆にはいい気持ちはしない。衆をたのんで何をするかわからない。おそるおそる近づいてみると、路面直しの一団であった。一行の先頭がそこで止められた。果して何かと難癖をつけている。老人と子どもを乗せた馬車引きに何かいっている。どうやら、日本人を乗せるのは不都合だ、通せないといっているらしい。時間をかけて事情を話したが聞いてくれない。結局、老人と子どもはそこで降りてようやく通してもらう。馬車引きには気の毒したが、幸い暴行を受けなかった。

金剛山（クムガンサン）を望みつつ

またしても老人と子ども連れのノロノロ行進が始まった。間崎君が朝鮮人と間違えられるほど朝鮮語に堪能で上手に話すので、実に都合がいい。途中道順を聞きながら進む。もうこのあたり、朝鮮半島中部のけわしい山岳地帯の始まりである。両側の山がだんだん近くなる。行く手はるかに雪をいただいた高い山が見える。左側の山は金剛山であろう。

美しい景色！　ふと、現実を忘れて夢の中の自分になる。

一家うち連れての楽しい行楽。

「おーい。おくれたぞ。早くこーい」

先頭の声に厳しい現実に戻る。肩の疲れが今さらのようにのしかかる。

再び見ることができないであろう山と川に胸いたむ。

夕方、だんだん道路が悪くなり、足の疲れが全身に広がる。休むと歩きだすのがいやになるほど疲れた頃、新高山（シンコサン）の一つ手前の部落に着く。

親切な村人

部落の入り口まで、朝鮮人が迎えに来ており、もう夕方だからここに泊まりなさいとしきりに勧める。人数を数えて、三軒の民家の各オンドルを割り当てた。何くれとなく世話して、荷物まで運んでくれる。なかなか親切だ。昨日は安辺でこりているので、宿が見つかるかどうか心配していたが、このぶんでは第二日目の宿は大丈夫だ。食事をつくってくれるそうだ。しかし、米が不足しているので明日の弁当はできないという。仕方がないので持参の米でつくるほかないと思っていたが、ようやく話がまとまって、特別に現金を出してつくってもらうことになった。

疲れた身体をオンドルに横たえて足にできた〝まめ〟の手入れをしていると、もう動くのがいやになる。妻と妹は、オムツの洗濯や子どもの世話でおそくまで休まれない。

夜、〝ピンデ〟はおらず安眠する。

川のほとりで休憩をとったときは、母と叔母はよく川で洗濯をしていました。妹のオムツです。今のように使い捨てのオムツではなかったので、よごれたオムツは洗って乾かさないといけないのです。大急ぎで洗って、どうやって乾かそうかと相談をしていました。道に落ちていた竹の棒を拾ってそこにオムツをかけ、母と叔母が両端をもって歩きました。とてもいい考えでしたがおかしな格好ではありました。

このグループに一人のおばあさんがいました。このおばあさんはとてもたいへんそうでした。私たち家族は子どもが多かったので歩くのが遅くて、早めに歩きだしてもいつもグループの最後の方になっていました。そのおばあさんは私たちよりもっと遅れて、みんなからどんどん引き離されていくのでした。私たちが休憩をとっていると、おばあさんはようやく追いつき腰をおろします。ちょっと休んだころもう出発の時間になってみんなは歩き始めます。おばあさんもすぐに立ち上がって歩き始めます。だまって一生懸命歩くのですが、やはり遅れてだんだんみんなとの距離は広がっていくのでした。みんなは気になっているのですが、どうすることもできませんでした。

○四月一〇日（第三日目）○

若者三人も合流し

早朝七時に出発した。三軒に分宿した各家族は、部落を出たところで待ち合わせて一団となる。また、漁郎端（オランダン）灯台の小川君、他三名（A君、B君、C君）と期せずして遭遇した。A君とB君、小川君の元の部下で二二〜二三才の単身若者、C君は脱走兵である。いずれも頑丈な身体の持ち主で、頼もしい人たちだ。この人たちとは元山出発前ともに脱出計画を相談した仲間だが、コースのことで意見が合わず今日まで行動を別にしていた。偶然に出会ったものである。聞いてみると、出発した日も同じ、だいたいにおいて同じ道順を歩いていたらしい。元気な若者を加えて心強くなった。

多数の朝鮮人に出会った。昨日のことがあるのでいい気持ちはしなかったが、みな仕事に出かける人たちで、別に何のことはなかった。途中一台の馬車を交渉して、老人と子どもを乗せた。新高山の入り口の部落に、およそ五〇〇名にもおよぶ団体が休んでいた。羅津（ラジン）と清津（チョンジン）からの避難の人たちで、私たちと同じ日に元山を出発したとのことである。馬車引きは新高山の手前で、これから先は保安隊がうるさいから降りてくれという。しかたなく老人子どもを歩かせて新高山部落に入っていくと、保安隊一名が日本人二名を連れてこちらにやって来るのに出会った。

「元山に戻れ！」

たちまちそのとき先頭を歩いていた私たちがつかまり、ちょっと待てという。あとに続いていた者も止められた。五〇〇名の団体も止められた。持ち物を下ろしてみんなひろげよという。そして、毒物、武器、危険物を持っているかどうか調べるという名目で、荷物をかきまわされた。調べ終わってみなを集めて、

「これまでここを通った日本人は、井戸の中に毒を入れたり乱暴して人を傷つけたりいろいろ悪いことをした。お前たちは生活に困って日本に帰りたい気持ちはよくわかるが、今はまだ帰せない。ここを通って先に行っても、行く先で捕えられて牢屋に入れられたり使役に使われたり、ひどいめ

にあっている。ここは通すことはできないから元山に引き返せ」と言う。おどしとわかっていてもいい気持ちはしない。通るなというのに無理に通ることはできないので、しかたなく今来た道を引き返して、部落はずれで相談した。

元山にはもう帰ることはできない。帰っても生活の本拠がなくなっているので、生活することはできない。結局どうしても突破しなければならない。新高山を迂回して通るか、別の道、西の方にコースを変えるかたくさんの意見がでたが、ようやく新高山は迂回することに決定した。

おばあさんの家族と別れる

右手の道に入って山の裏側に出て山を越した。老人、子どもが多いので非常に苦労した。ことに小野君のおばあさんはいつも最後になる。これまで二日間平坦な道だったときは、おばあさんは休憩時間を短縮して早く歩き始める。杖を引いて腰を曲げて小さい風呂敷包みを背中にして一生懸命に歩く。しかし何といっても年が年だ。あとから出発した若い人たちに次々と追越されて、次の休みのときは最も遅れて着く。そしてまた休憩時間を短くして歩き出すのだから、おばあさんとしてはほとんど休みなしに歩くことになる。それが山道になったのでおばあさんははるか後方に取り残される。みな自分のことがいっぱいで、おばあさんをいたわる余裕はなくなった。

道は細く山はいくつも重なっている。とうていおばあさんの足では無理である。おばあさんのために一行の行動が制約されるようになったので、小野君は恐縮して別行動をとると言いだした。小野一家を残すことは気の毒でもあり心配でもあったが、涙をのんでそこで別れた。

山にかかるとあのおばあさんはたいへんでした。今までよりさらに遅れるようになり、待っても待っても追いついて来れなくなったのです。とうとうそのおばあさんの家族はみんなと別れることになりました。私たちはその家族のことを気にしながらも進むしかありませんでした。

山中の宿

今日は三防（サムバン）または三防あたりまで足を延ばす予定だったが、新高山でつまずいたので、もはや時間もだいぶん晩くなった。山一つ越えればいいはずだったが、あてが外れて、行けども行けども山また山である。夕方ようやく三防手前の部落（二、三の民家）にたどり着いた。頼み込んで泊めてもらうことになった。

家屋の横を流れている小川で手足を清め、オムツを洗った。京城に通ずる鉄道線路がすぐそばを走っている。山と山にはさまれたさびしいところである。

明日の行程を相談し、足底にできた〝まめ〟の手入れをして、疲れた足をもみ合った。子どもたちは案外元気である。ただ、赤ん坊の妙子が、連日のオンブで疲れたものか元気がない。それも無理はない。オンブとは名ばかり。背中にくくりつけて歩いたと言っていいくらいだから。それにきぬの乳が出なくなった。

元山出発前から私の右の足の親指が少し痛んでいたが、地下足袋で圧迫されたためか、しだいに痛みを増してきた。

2 追手の影におびえて

○四月一一日（第四日目）○

三防峡

山はますます迫り川幅は次第に狭くなる。道は平らだが石ころが多い。一〇キロほど歩いて三防に近づいた。新高山でこりているので、手前の丘から物陰にかくれて様子をうかがう。ソロソロと用心しながら進んで、何事もなく通り過ぎた。部落を出たところに急流がある。一同腰を降ろしてしばらく休憩。思い思いに食事をする。

三防を何事もなく通過した安心も手伝って、しばし太陽の光を楽しむ。子どもたちは喜々として冷たい水に手をひたし、たわむれている。水筒に水を満たし心ゆくまで飲んだ。あおげば、白い雲が山にせばめられた青空に浮かんでいる。目をつむるとこころよい眠りに誘われる。

やがてまた歩きだす。このあたり川と鉄道に沿い、あまりよくない路面である。まもなく三防峡に着いた。山と水が美しいところで、戦前は行楽の地であった。薬水と称する泉がある。いろいろの物売りの店が軒を連ねている。以前はおみやげ物を売っていた店であろう。各自それぞれ、ぞうりとかあめとかを買い入れた。

昼ごろ、家が並んでいて少し広やかなところに着きました。明るくてきれいなところで、真ん中に泉がありました。その泉の水は身体にいいと大人たちは話していました。母はその水を飲んで、

「おいしいよ。飲まない？」

私は少し飲んでみたけれど、少し変わった味がしてぜんぜんおいしくありません。炭酸水、と教えてもらいました。

近くで朝鮮あめを売っている人がいました。米から作ったあめです。母たちはそれを買って一つずつ配ってくれました。大きなあめをほおばると、少し楽しい気分になりました。しばらくそこで休んで、また歩き出しました。

保安隊に捕まる

街角で保安隊に発見されて保安署に連行された。しまった。と思いビクビクしていると、持参品、所持金など口頭で簡単に調べられた。一同、元山で生活に困って止むを得ず歩いて来たこと、新高山でも保安署で事情を話して通してもらったこと、など都合のいいことを並べて頭を下げていろいろ頼んだ。途中、悪いことをせずに行けと案外たやすく解放されて、道筋を教えてくれた。一行ヤレヤレと胸をなで下ろし、時間の浪費を気にしながら急いで歩きだした。

街はずれの民家で飲料水をもらった。妹・山本すみ子は米を四キロばかり買い入れた。この付近はあめの産地で値段も安い。買って口に入れながら歩いた。

けわしい山越え

山はますます近く、ほとんど谷間のようになってきた。朝鮮人の教えで、線路と川を左に横切って山を越えた方が洗浦（セポ）に行くには都合がいいという。そのとおりに歩いて行くと、後ろから来た朝鮮人が自分も洗浦の方に行くから途中まで案内してやろうという。山を一つ越してその人と別れたが、さて、道は簡単なように聞いていたがなかなかもってそうでない。洗浦までの道の遠いこと。

妻は今日は少し元気がない。妙子をオンブして、山、また山の歩行はなかなかの重労働である。私が手を引いたりして歩いていたが、いつも私たち一家があとになる。C君に妙子をオンブしてもらって一時の急をしのぐ。

昨日といい今日といい、山道の連続で一同疲労がはなはだしい。それにしても子どもたちは案外元気である。かよ子とかず子はドンドン歩く。大人に負けずによく歩く。みち子はときどき泣きべそをかくのでオンブしたり手を引いたりするが、少し休むとすぐ回復してまた元気に歩きだす。やがて山の道が一通り終わって、向こうの方に鉄道線路が見えて、洗浦が望見された。

青年団がやって来る

洗浦はちょっとした市街地で、ロシアがいると聞いているので用心することにした。まず間崎君が一人町に近づいて状況をさぐった。宿を交渉したが情勢はよくない。

民衆は共産化していて、日本人には好意を示さない。オンドルを貸してくれるところもない。日本人がここで捕えられて監禁されたとか元山に送り返されたとか、いろいろいやな話を聞く。とうてい町には入れないので、町から少し離れたところでようやく宿を見つけてホッとした。

鶏卵を買って、生のまますすった。食料不足で米はないが馬鈴薯《ばれいしょ》をゆでてやるという。そのうちこの家の息子が町から帰ってきての話によると、町の青年たちがまもなくここに来るという。そこでまた意見が出た。何をしに来るのか、何を話しに来るのかわからないが、共産青年連中だから金や物を要求するにちがいない。いやいくら共産青年でも、事情をよく話して金を少し寄付したら何とかおだやかにすむだろうという意見。一同、顔を集めて相談した。その結果急いでここを出発することに決定した。あとになって考えてみると、これから翌朝にかけての行動は若干自分の影におびえた感がある。追われる者の心理であろう。

ここにはいられない

日はすでに暮れて暗くなった。今日の行程は山道で、一同相当に疲れている。せっかく宿を見つけて旅装を解いてゆっくりした矢先であったので、実につらかった。

ことに子どもたちはかわいそうである。みち子はとてもこれ以上は歩けず、私たち家族の手に負えないので、C君にオンブしてもらうことにした。この家の息子が裏道を知っているというので案内されて、松林のそばを通り洗浦の町を避けて、月明りを頼りにして急いで歩いた。

幸い一人の故障もなく危険地帯を脱出できたかに思われた。町から少し離れたところに小さい部落がある。

先頭を歩いていた小川君、間崎君が立ち止まって、ここで宿をとるつもりか交渉を始めたらしい。そばで話を聞いていると、朝鮮語はわからないがどうも少々様子がおかしい。グズグズしておられないというので、一同急いで通過して五〇〇メートルほど行き過ぎてから立ち止まって、間崎君、小川君を待った。ところがなかなかやって来ない。どうやら面倒なことが起こったらしい。

夕方、町はずれに着きました。朝鮮語の上手なおじさんが一人で町まで行って様子をうかがってきました。戻ってきたおじさんの話では、その町はあまりいい雰囲気ではなかったようでした。あぶないから行かない方がいい、と大人たちは相談してそのまま歩くことになりました。みんなはたいへん疲れていましたが黙ってついていくしかありません。やがて町から離れて、ふたたび朝鮮語のできるおじさんが一人で先に行って交渉した結果、ようやく泊めてもらえる家が見つかったのでした。

しかし、あたたかい部屋にやっと落ち着いたと思ったら、町から帰って来たその家の息子が「青年団がやってくる」という情報を知らせてくれました。大人たちは集まって相談し、あぶないらしいからすぐに逃げようということになりました。大急ぎで荷物をまとめて外に出ました。疲れていたしおなかがすいていたけれど、そんなことを言っていられません。暗くなった道を大急ぎで逃げました。どこかの犬がほえ始めると、あちらでもこちらでもほえ始めてとてもこわかったです。このときの犬の遠吠えはいつまでも脳裏に焼きついていて、二〇才を過ぎるまで夜犬が吠えると何とも言えない恐ろしさを感じたものです。

少しでもはやく、少しでも遠くへ

所君が様子を見るため引き返して偵察の結果、間崎君がみな戻ってくれと言ったという。その様子が宿の交渉ができたから来いというのではなくて、どうも言いがかりをつけられているらしい。追いかけてくるかもしれないので、すぐ逃げなければならないという。一同あわてて歩きだす。右側の畑の中に二〇〇〜三〇〇メートル入り、少し凹地になっているところに身を伏せて息をころす。子どもたちに声をたてるなと注意する。赤ん坊をオンブしている者は泣かれては困るので、戦々兢々である。

身体がついている大地から、冷えびえとした寒気が伝ってくる。空はうす曇りで、淡い月の光が降りかかっている。

すぐ近くの道路を数人の朝鮮人が、ガヤガヤ話しながら通りかかる。追手かもしれない。一行生きた心地がしない。やがて静かになった。間崎君、小川君の消息はわからないが、いつまでもこうしてはおられないのでまた歩き出す。この部落を少しでも早く、なるべく遠く避けることにした。

気持ちはあせるが身体は疲れている。荷物が邪魔になるので、妹・山本すみ子の持っていた米、鍋、釜、茶わんの類をすててしまった。二叉路に差しかかる。右すべきか、左すべきか。左の方には民家の明かりがうすく見える。民家に近づいたところ犬が吠えだしたので、道のわきに入って様子をみる。しんがりのB君が追いついて来て、いま間崎君に会ったという。そして、左の方は危険だからすぐに引返して来いと言ったという。二叉路の附近に深さ三メートルばかりの地割れがある。そこに小川君、間崎君がひそんでいた。

再会、そしてまた離れ離れに

しばらくそこで休んだ。夕食を食べていないので、宿でもらったいもを分配して食べた。だんだん寒くなってきた。空はすっかり雲におおわれている。こうしていては寒くてやりきれないから、とにかく夜行をしようという。C君などは外とうを着ていないので、ガタガタふるえて足踏みをしている。女性とか子どもたちは疲れて動く気がない。ジッとしていると眠くなるが、眠ると風邪をひきそうなので互いに励まし合って眠らないようにした。

霧がかかってきた。寒いのでとにかく歩こうというので、一同疲れている身体を無理に動かし始めた。縦一列になって、声をたてずに畑の中を南と思われる方向に進む。

本道路を朝鮮人が二、三人歩いていて、こちらを見つけて止まれと声をかけられた。しまった、またつかまったかと思ったがかまわずに歩く。後ろを歩いていた間崎君がその朝鮮人につかまった。止まったら一行全員つかまると思ったので、間崎君にはかまわずに急いで歩いた。これで、せっかく出会った間崎君とはまた別れてしまった。

しばらく前進してから立止まって間崎君を待ったが、やって来ない。仕方なくまた前進、道のない畑の中を歩いて小川にぶつかった。A君、B君など若い元気な連中が、大きな石を川の中に並べて足場をつくり、それを伝わって一人ずつようやく渡った。線路につき当たりこれを横切った。丘を登った。ゆるやかな丘を二つ、三つ越したところが、一面に起伏した畑になっている。方向が全然わからなくなってきた。路はないが今はもう歩くしかない。しかし、空腹と疲労ではかどらない。

畑のくぼ地で

畑の一隅がくぼ地になっていて、トウキビがらが高く積んであるところがあった。そこでそのくぼ地にきびがらを敷いて、一夜を明かすことにした。

男たちは疲れた身体を動かして、きびがらで一夜の寝床をつくる。やがてでき上がって、子どもと女性たちは奥の方に、男性たちは外側に腰を下ろした。

霧が深くなって霧雨となる。外衣がぬれて身体が冷えてきた。もう夜半も近いであろう。一同、身体を寄せて暖を保ちながら眠ろうとしたが眠れない。一夜、まんじりともせずに過ごした。


私たちは明かり一つない畑の方へ走り、あぜ道と言わず畑と言わずとにかく夢中で走りました。もうくたくたです。

叔母は大きな重い荷物を持っていました。もうこれ以上は走れない。父母と叔母は相談して、買ったばかりの米とここまで苦労して持ってきた荷物を捨てました。そして逃げました。どこをどう行ったのか、何かもうわけがわからなくなりましたが、畑の中にちょっとしたくぼみがあるところに来ました。そこの横にトウキビがら（トウモロコシ収穫後の枯れた枝葉）が積み上げてあったので、私たちはそのかげに身をひそめました。

犬のほえ声も聞こえないほど遠くに来ていたので、そこのわらの中で明け方まで隠れていることになりました。じっとしていると体が温まってきて、いつの間にか眠っていました。

3　逃げに逃げて

○四月一二日（第五日目）○

方向を見失う

第五日目の朝は細雨にぬれて深い霧の中で迎えた。方向は全然わからない。星も月もないので見当がつかない。昨夜のことから考えて、これから38度線までの行程は容易なものではないことを感ずる。鉄道線路に沿うて行動することは人目につき易い。途中保安隊、ロシアの目が厳しく、朝鮮人の対日感情も悪い。

最初この道を選んだ理由は、子どもたちでは悪い道を歩くことが難しいから比較的いい道を通りたかったからである。しかし昨夜の事件から推して、この道に面倒があるとすれば人目につかない田舎の山道を歩くよりほかない。一行の気持ちは、これから右に入って山越えして、伊川（イチョン）街道を歩くということにだいたい一致していた。

昨夜別れた間崎君にはまだ会わない。行程についてはっきりした相談も打ち合わせもなく、追手を逃れるため足に任せてさまよったのだから、これから先一緒になれるかどうかわからない。間崎君は朝鮮語に堪能で、道筋の問合せ、宿の交渉など同君一人に任せて、いわば一行のリーダーであったから、間崎君がいないとなれば心細くもあり非常に困る。

妻は昨夜来元気がなく、今日も身体がだるそうだ。オンブの妙子も二日前から元気がなく、少し熱があるようだ。乳を飲むこともなく泣きもしない。泣く気力がなくなったのであろう。もっとも母乳は全然出ない。これでは京城まで行き着けるかどうかわからない。私の右足の拇指の痛みはますます加わっている。しかし他の子どもたちには異常はない。

人の顔がようやく見えるくらいに明るくなった。ともあれ、空腹と寒さには耐えられない。方向はわからないが、伊川の山越えの道と思われる方に民家を求めて歩きだした。

濃霧の中で

畑のあぜ道が縦横に走っている。どちらに行くべきか。

朝のサイレンがかすかに聞こえた。右手の方から聞こえたように思われる。あのサイレンが洗浦だとすれば、伊川の方向はこちらであろうと歩きだす。あぜ道はだんだん細くなり、行手の霧の中に黒いものが横に長くぼんやり見える。あれは森か、民家か、それとも追手の群れか。何だか人の声がガヤガヤ聞こえるように思われる。うかつには進まれない。昨夜の事件で、全員の頭には追われる者の強迫観念が病的にこびりついている。

二叉路があって、何という理由もなく左の道に入る。しばらく行くと今度は十字路に差しかかり、下り坂になっている。濃霧の中では、前方一〇メートルとは見通しがきかない。自分の周囲の畑と道とが薄く見えるだけである。方向の観念がメチャメチャになって頭が混乱して、どこがどこだかわからなくなった。昨夜仮眠した場所も方向もわからなくなった。一〜二時間はさまよったであろう。荷物の重さに耐えられない。当面どうしても必要なもの以外はみな捨てた。せっかく持ってきた写真類までここで捨てた。

人家を見つける

丘のように小高くなっているところに登ると、そこで様子を見るため立ち止まった。左手の坂の下からかすかな鶏鳴が聞こえてきた。民家が近いぞ。敵か味方かわからないが、ヤレヤレという気がした。

用心深く民家に近づく。一〇軒ばかりの小部落であった。一時の休憩を頼むと火をたいてくれた。冷えきった身体を温める。食物を求めたが何もないという。オンドルで休ませてくれと頼んだが、なかなか承知してくれない。朝鮮人たちが相談している。意味はよくわからないが、老人たちは気の毒だから部屋を貸してやれと言い、若者たちは日本人には貸すことはできないと言っているらしい。この部落は洗浦から一二キロばかり離れた土地ということだが、安全な土地ではなさそうなので、暫時、休憩したあと伊川に通じる道を聞いて出発した。

再々会

道は若干よくなった。聞いた道をドンドン進んでいると、後ろの方で人声がする。こちらを呼んでいるようだ。立ち止まって待っていると、霧の中から一人が浮かび上がってきた。見れば間崎君であった。一度ならず二度までも別れ別れになって、運よく一緒になれたのだ。互いに無事を喜んだが、なかでも間崎君の奥さんの喜びは人一倍であった。

間崎君は二名の朝鮮人に捕まっておどかされ調べられたが、こちらの事情をよく説明した結果よくわかってくれて、金品の被害もなく、オンドルに泊めてくれたという。とにかく朝鮮語の達者な間崎君がまた同行することになったので心強い。

霧がだんだん晴れて周囲の山々が見えるようになった。太陽の位置がわかれば方角がだいたい見当つくが、まだ厚い雲におおわれている。初めての土地なので、山の形ではどうしても見当がつかない。周囲が山に囲まれた高原のようなところで、一面の畑が拡がっている。そのうちに馬車が通りかかった。農夫が一人、二人とまきを背負って来るのに出会ったので、道を聞き歩き進んだ。

「ときどき息が止まるの」

高原を下った谷間に小部落があって宿屋が見つかった。交渉を重ねてようやく休ませてもらう。午前一〇時は過ぎていたであろう。ここで朝の食事にありつく。昨夜の野宿と今朝の行動で全員疲労の極みに達している。睡眠を充分とっていないので、今日一日はここで休養することにした。

みなの者は、それぞれ食料を買い入れたりオムツを洗ったり足にできた

〝まめ〟の手入れをしたりした。そして眠った。私、家内、妹ともに足に五つ六つの〝まめ〟ができた。私の右足の拇指はますます痛い。妙子は元気がなく、まだ泣き声さえ出さない。お乳が出ないので、間崎君の奥さんや所君の奥さんにもらい乳した。

妻は昨日は食欲がなく元気がなかったが、昨夜の野宿で風邪をひいたらしく熱がある。持参の体温計を当てると四〇度近くある。薬を飲んだり水で冷やしたりする。今日は一日充分に静養して、明日はまた一行と共同の行動をとらなければならない。私たち一家だけ残されることは、何としても心細い限りである。どうしても明日までに元気を取り戻しておかなければならない。おむつの洗濯も何もかにも妹にしてもらって、身体を動かさないで休養する。

夜になっても妻の熱は下がらない。明日出発できるかどうか心配である。

父は出発したころから足が痛いと言っていました。足の親指が赤くはれていて、そのはれは日に日にひどくなっていました。母もまた、この日は熱があって元気がありませんでした。夜ふと目を覚ますと、その父と母が起きて八か月の妹の様子をじっと見守っていました。聞くと、母は、

「妙子の息がときどき止まるの。あぶないかもしれない」

と言うのです。そばに寄ってみると、妹は動かずただ眠っているように見えました。やがて私は眠ってしまい、よく朝目をさましてみると父母はいつものように出発の準備をしていました。妹は大丈夫でした。私はほっとしました。

4 山越えの日

○四月一三日（第六日目）○

分水嶺

妻の熱は下がらず、体温を測ると三八度以上ある。残ることはできない

からどうしても出発もするという。おかゆをすすり、妙子は妹がオンブして、無理を押して一行と一緒に出発した。
　今日の旅程は伊川街道に出るまでの険しい山越えだ。山、また山の連続である。きぬと私とみち子が一団となり、一番後から一行に続く。きぬの手を引きあえぎあえぎ山を登る。汗は流れ、のどがかわく。一つ山を越すと、今度は川に沿うた石ころ路である。川の源をさかのぼり、いよいよ分水嶺にかかる。妻はフラフラしながらも必死になって歩く。つないだ手に力がこもる。私も頭がグラグラしてきた。私一人では手に負えなくなって、A君にきぬの手を引張ってもらい、私が後ろから押し上げる。夢中であえぐこと数時間、ようやく山脈を横断して、民家がチラホラ見えるところに出た。

その日、けわしい山にさしかかりました。分水嶺でした。道は渓流に沿ってどんどん奥に分け入っていきます。谷のつき当たりのようなところで急に左に折れ、斜面にとりついてじぐざぐに登っていきました。

道は登っても登っても先が見えません。ふと横を見ると斜面のくぼみにうすよごれた白いものが広がっていました。雪でした。登り口のあたりでは春の草花が咲いていましたが、高いところにはまだ雪が残っているのでした。

はじめから元気がなかった母は、登りにかかるとだんだん歩けなくなっていきました。見ていてもふらふらしていてさっぱり足が進みません。はじめは父が手を引っぱっていましたが、それでも足が進まなくなって、だれかに手を引っぱってもらい、父は後ろから押し上げてむりやり歩かせていました。

長い登りがやっとゆるやかになり、平らになり、そして下りにかかりました。峠でした。母もどうにか峠を越すことができました。ゆるやかな下りを歩いてようやく人家が見えたときはほっとしました。その日はその村に泊まりました。

所持品調べ

夕刻、若干時刻は早いが疲れがひどいので宿を求めた。宿の近くを若い男がウロウロしている。いやな感じであったが、果して夕食の少し前に保安隊の者が八名やってきた。日本人の通るのを止めるのではないが、毒物を井戸に入れたり刃物で人を傷つけたりするので一応所持品を調べるという。それがすんで帰ったと思ったら、部落の者が二、三人やってきてまた同じことを調べられた。現金でもたくさん持っていたらとり上げるつもりらしい。詳細、綿密に調べられる。調べがすむと、これから後で来る日本人で旅費も何も持たずに困って宿を求める人があるから、その人を救助する意味でいくらか寄付してほしいという。全員相談した結果、日本人は終戦以来収入がなく、家財、道具の売り食い生活をしてきて、今また長途の旅行で持ち金が少なくなっているのでまことに些少で恐れ入るがと断って、全部で二〇〇円差し出した。

夜になってまた前後して二組ばかりの朝鮮人がやってきて入念に荷物を調べられたが、金品の被害はなかった。

妻の気力はやや回復した。妙子も少し元気になったようである。しかし、私の足指は悪化して痛みがひどい。それに大分赤くなってはれてきた。

このあたり米がないので、麦と粟の夕食が出された。食後、先刻の保安隊が再び現れた。A君の風態が朝鮮人に似ているので、道案内をしてきて日本人を装っているのだろうと疑われ、厳しい言葉で詰問された。小川君が、この者は元漁郎端灯台にいた自分の部下であったと弁護したが容れられず、保安隊に引致された。しかし二～三時間後に疑い晴れて戻ってきた。

就寝してから夜半足の痛みに耐えかねて、オンドルを出て近くを流れている小川の中に足を入れて冷やした。月がよく冴えた夜で、オンドルで温まった身体に冷気が快かったが、痛みは少しもよくならなかった。

5　軍用道路

○四月一四日（第七日目）○

オーバーをおいて行け

妻は大分元気になってきたが、私の足はよくならない。早く化膿して膿がでればよくなると思うが、拇指全体が赤くはれて痛みがはなはだしい。荷物を軽くして杖を引いて歩く。洗浦の青年たち、昨日の保安隊員、土地の者の態度から考えて前途多難を思い、部落、部落で情勢を探りながら進む。坂と峠の連続であるが、昨日の山ほどは険しくない。保安隊のいない小道を選んで進んだが、とある部落で止められた。

部落の青年団というのが、また所持品の検査を始めた。検査はすんだがなかなか通してくれない。私のオーバーを見て、これから先保安隊に見つかると剥がれてしまうから、公定値段で買うからおいて行けという。これはこの先宿が見つからないときに野宿をしなければならず、どうしても必要だから売ることはできないと断る。何とかかんとか難癖をつけて通してくれない。果ては保安隊に引き渡すという。らちが明かないのでかまわずに先頭が歩き出すと、追いかけてきて私の着ている洋服を売れという。

叔母が捕まる

後ろにいた妹がつかまって所持金の再検査である。心配なので私がそばに近づくと、今後は私の身体検査を始めた。どうも見たところお前が一行の中で戦争中一番ぜいたくをしていたらしい。朝鮮人をいじめたろうというう。現金はいくら持っているなどと調べられる。そのうちにみなの者が通過してしまって私が最後になったので、気が気でない。調べがすんで荷物をまとめて行こうとすると、先ほど青年団長と称した最も悪党らしいのがやって来て、現金はいくら持っているかと繰り返す。

チョッキのポケットに入れてあった〇〇〇円あまりを出してこれしか

持っていないといって見せると、スーッと盗ってもういいから行けという。とうとう盗られてしまった。何といっても今の場合金が惜しかったが、事情が事情だけに止むを得なかった。一日に一名一〇〇円位かかっているので残りの現金が少なくなっており、行く先々でこんな具合に盗られていてはやりきれない。

私たちはできるだけ大きな町は避けて、人目につかない村づたいに歩いていました。いろいろなところで保安隊や青年団につかまって、面倒なことが多かったからです。人家に近づくと、まず朝鮮語のできるおじさんが一人で入って行って、様子をうかがってきます。それで大丈夫そうだったらみんなも入って行くのです。でも急に保安隊などに出会ってしまうこともよくありました。

その日は、向こうから来た朝鮮人の青年たちとすれ違うときに父が捕まってしまいました。何か言われても言葉がわかりません。オーバーのえりを引っぱられたり荷物に手をかけられたりして、どうなるのだろうと思いました。父は、オーバーをよこせ、みたいな雰囲気でしつこくつきまとわれていました。こわさと心配でその場を離れることができずにいると、子どもは先に行きなさいと父が合図をするので、しかたなく歩き出しました。でも父はなかなか離してもらえず、心配して見ていた叔母も捕まってしまいました。いろいろ言われてなかなか離してもらえませんでしたが、ずっと先まで行って待っているとやっと叔母が来て、やがて父も来ました。父がお金をオーバーの胸ポケットに入れたのを見ていて、それをその人たちがさっと抜き取って、もういいから行けと言われたそうです。父はほかのポケットに移しておけばよかったと何回も言っていました。

軍用道路

時間を浪費したので全員足ばやに歩く。この辺は共産化しているらしいので、部落を避けて人目につかないように先を急いで歩いた。私たちの一族は幼い子どもが多く、その上私の足指の化膿で歩行が遅くいつも後方になる。

福渓（ポッケ）から伊川に通ずる道路を横断しなければならない。この道は、ロシアが入ってから大補修して重要な軍用道路になっている。ロシア軍の自動車がひっきりなしに通る。見つかれば捕えられて元山に戻されるか、牢屋に入れられるという。ある日本人は捕えられて家族と別れてしまったという。保安隊の監視の目も厳しい。この道の横断が難関である。

右と左の山がいくらか広がって、行く手に遠く別の高い山が見えてきた。川幅が広くなったと思ったら、前方二～三〇〇メートルのところに一筋の広い路面が横たわっている。自動車が絶え間なく通っている。これがロシアの軍用道路であった。

しまった、見つかったか

この道にかかる手前の部落で一応止まって、夕方頃にこれを横切るつもりでいたが、こんなに突然目の前に現れるとは意外であった。ロシアの自動車らしいのが突然通って、こちらがまる見えなので、一同急いで物かげに伏せる。危ない、危ない。発見されたかもしれない。全員息をこらして不安の数秒が過ぎたが、自動車はそのまま行き過ぎてしまった。また自動車の音らしいのが聞こえる。今度は朝鮮の車である。停止した。さては保安隊の車で私たちを見つけたのかと思ったが、しばらくして行ってしまった。

ひとしきり人、自転車、自動車が通ったあと、交通がちょっととぎれた。二〜三人ずつ分散してこの道を横断して、向こう側の山ぎわで待ち合せることに申し合わせ、様子をうかがいながら思い思いに行動した。

私の家族と妹の家族とが別れて二隊となった。みち子は歩くのが遅いので、A君にオンブしてもらった。まず私の一隊が出発。ロシアの道に出てから二〇〇メートルばかり伊川の方に走り、すぐそばの森の中に駆けこんだ。そこから山に入る小道がある。足の痛みも忘れて夢中で走った。やがて妹一家も到着。他の家族も次々に到着して、全員無事に勢ぞろい。第一難関突破。一同の胸にやや安堵の念が浮かぶ。流れのそばで小憩して山の道に入った。

この日軍用道路を横切ることになりました。この道路を横切らなければ38度線に行けないのです。その道はこれまで歩いてきた山道やいなか道と違って道幅が広く、車が行き来していました。見つからないように渡らないといけないのです。見つかれば元山に送り返されるかもしれません。

軍用道路は、昼過ぎにある村をぬけて両側が田んぼになったところを歩いているときに、突然前方に見えました。その道を横切った先は、少し行ったところに林がありその先は小高い山になっていました。手前百メートルほどのところを歩いていると、急に車の音がして大きなトラックが左から右へ走ってきました。

「道をそれて隠れろ。早く！」

前の方から声が聞こえました。あわてて切り株だらけの田んぼに飛び込み、あぜの陰に身を寄せました。そのあたりはゆるやかな棚田になっていて段差があったのでどうにか身を隠すことができました。

車が走り去りほっとして立ち上がろうとしたとき、また急に車がやってきました。あわてて身をかがめました。ところがその車は、ちょうど私たちが隠れている前に停まってしまったのです。見つかった…観念しました。でもだれも動きませんでした。その車はしばらく停まっていましたが、やがて動き出し走り去っていきました。助かった！　このときはほんとうにこわかったです。

やがてだれかが立ち上がり、続いてみんなも立ち上がりました。少しずつ分かれて走って道を横切り、向こうの林の中で待ち合わせることになりました。

走りました。そして林の中にかけこんで全員が渡って来るのを待ちました。みんなが無事に渡り終えてから、林の横にあったきれいな小川のほとりでしばらく休みました。

村の青年たちと交歓

私の足は相かわらず痛む。妻はすっかり元気になり、妙子も大分気分がいいらしい。山をいくつか越して一〇軒ばかりの小さい部落に着いたのは、夕方であった。

今日は途中でゴタゴタして時間をむだにしたので、行程は伸びなかった。宿を頼むと快く応じてくれた。疲れた身体をオンドルに横たえる。米があるとみえて、白いご飯を食べさせてくれた。この部落の人たちはいい人だ。

夜になって青年たちが話しに来る。途中の困難をいろいろ話して聞かせる。ここから38度線の向こう側の高浪浦（コランポ）まで真直ぐな道だという。ロシアは大嫌いともいい、私たちには親切にしてくれた。妙子が泣いているとやってきて、どうしたのかと聞く。長い旅行で疲れて母親の乳が出ないのだというと、お乳の出る人はいないのかと心配してくれる。便所が少し離れたところにあって、子どもたちが行って、すぐに泣きべそをかいて戻ってきた。入り口近くに犬がいて入れないと言う。仕方ないので一緒に行ってみると、納屋のようなところにむしろがかけてあるだけの極めて簡単なものだ。大便をして人が立ち去ると、犬が待ちかまえていて、すぐに喰ってしまう。

荷物の重さを減らすため、せっかくここまで持ってきた石けん、子どもの簡単着などを売った。旅程の半ばをすでに歩いたという安堵と、京城に着けば日本人世話会があって、裸で行っても何とかしてくれるという考えも手伝って。

6 国境まであと四〇キロ

○四月一五日（第八日目）○

晴天。雲一つないいい天気だ。今朝は所君が下痢をした。小川君の細君が膝の関節を痛めてよく歩けないという。昨日までは赤ちゃんをオンブして元気に歩いていたが、今日はどこからか牛を頼んで乗っている。山、また山の細い道である。監視の目を避けるため、広いいい道は通られない。しかし朝鮮中央部の山岳地帯はどうやら越したらしく、山はだんだん低く、川の流れの方向は反対になり、川幅は次第に広くなってゆく。

小川君の細君は四キロばかりのところで牛をすてたが、杖にすがって泣いている。A、B、Cの三君、若い元気な連中が、代わる代わるオンブするが、子どもと違って重いのではかどらない。

昨日と異なり、途中保安隊にもひっかからなかった。一同先を急いで黙々として歩く。子どもたちもよくついて歩いて、ある小部落で宿をとった。小川君一家が最後に着いた。

○四月一六日（第九日目）○

あとに残る人、先に行く人

小川君の細君は足の関節が悪化して歩けなくなった。やむを得ずあとに残ることになった。一家族一〇〇円あて見舞金を呈上して励ました。私の足は相かわらず痛い。荷物はほとんど妻と妹に持ってもらい、杖を頼りにビッコを引きながら歩いた。

今日も山と坂であるが、次第に平坦な道が多くなった。鉄原（チョルウォン）から伊川に通じる道が第二の難関だったが、無事横断した。名前のわからないかなり大きい川を渡船で渡った。この辺まで来るとあと国境（38度線のことを、このように呼んでいた）まで四〇キロ内外なので、いくらか明るい気分である。

どんなに苦しくてもあと二、三日で、よかれ悪しかれかたがつく。道ばたには名も知らぬ山の花が咲いている。山つつじが満開である。春の陽は暖かで、小休止の時はウツラウツラと仮眠して夢の世界に遊ぶ。

A、B、Cの三君は旅費の都合もあり、前途を急いで別行動をとり先行することになった。いずれも若い元気な単身者で、今夜中にも国境を越えたいという意気ごみで行き越していった。

夕刻、日没するころある部落で宿をとる。この家はこの部落で指導的地位にある家柄らしく、主人は戦争中軍属としてフィリピンにいたとか。日本人には好感を持っていた。

足の痛みがひどいので、オムツで湿布して早く就寝した。熱があって身体がだるい。そのときは風邪と思っていたが、あとから考えると足の化膿からきた発熱のようであった。

父の足の親指はだんだん悪くなってきていました。このころになると持ってきた荷物はだれかに持ってもらって、みんなの最後尾を杖をついてようやく歩いていました。

宿にたどり着くとすぐ靴を脱いで冷やしたりしているのですが、日に日に赤くふくらんでいくばかりです。たぶんひょう疽《そ》（細菌感染症）で中に膿がたまっているのだと思いました。父は針で刺して膿を出そうとしていましたが、うまくいきませんでした。

○四月一七日（第一〇日目）○

国境まであとわずか

今日でちょうど一〇日目である。昨夜は湿布して養生したが足の痛みはよくならない。熱は少し下がったようである。

いよいよ国境まであと五キロ位に迫った。今夜か明日は到達することができる。一同一〇日間の苦闘で相当疲労しているが、元気をふるって出発した。

漣川（ヨンチョン）に通ずる道、第三の危険を何事もなく横切った。山が低くなって平野が多くなった。丘を連続して越える。

お昼ごろある部落近くまできたときに、二人の若者が横手の道から出てきて行く手にふさがった。二三〜四才位の青年だ。

おれたちは元日本の海兵団に入っていてひどい目にあった。呉市の営倉に入れられて二年間もいじめられた。お前たちは長い間朝鮮に住んでいて、朝鮮人を虐待したのだろう。お前たちは日本人だから、仕返しにおれがひどい目にあわせてやるから覚悟せよ。ここを通すことはできない。女と子どもは元山に戻れ。男は百姓の手伝いをさせてやる、と大声にえらい権幕でまくし立てる。弱い者いじめのおどかしであることはそのあまりに大仰な態度から見えすいているが、今の場合下手にさからうのは不利である。私たちとしては何としても時間が最も惜しいので、平身低頭いろいろ懇願してやっとのこと二〜三〇分後に解放された。

午後から雲が多くなって空模様が怪しくなった。夕方になると雨が降ってきた。国境まであと一二キロくらいのところまで来ているらしい。今夜にでも国境を越えることができる地点にきているが、疲労はなはだしく雨が次第に激しくなったので、ひとまず宿をとることにした。

小部落に着いて交渉したが、なかなか泊めてくれない。食糧がないとか保安隊がやかましいとかオンドルが空いていないとか言っていたが、結局三個のオンドルを空けてくれた。

朝鮮人がやってきて、国境越えに道案内を一人一五〇〇円でしてやるという。若干高いように思うし、またその人が果して信頼できるかどうか疑わしいので断った。とにかくもう少し自力で歩くことにする。この辺の朝鮮人は通りかかる日本人に対して話を持ちかけて、金もうけをしているらしい。

足はますます悪化して

私たちが泊まった家主は親切な人で、乏しい食糧の中から豆をいってくれたりした。前の日に国境を越えて高浪浦まで行って来たと言って、ここから国境までの情況など細かく話してくれた。（朝鮮人といえども、保安隊の証明がなければ国境通過は許されない）

高浪浦には京城の日本人世話会の人が迎えに出ていて、病人に薬を与えたり金のない者には旅費を支給したり、何くれとなく世話しているという。若い男の人と女の人で、アメリカ兵とベラベラ英語で話しているという。

私は足の痛みに耐えられず、熱もあり身体は綿のように疲れているので、早く横になった。

○四月一八日（第一一日目）○
夜に国境を越しなさい

夜半の雨は晴れたが雲が低い。足の痛みはますます加わり、前日まではリュックサックに軽いものを入れていたが、今日は全然持つ元気はない。杖にすがってビッコを引き引き歩く。国境も近くなったので警戒を深めて進行する。

丘を二つ、三つ越えて道ばたの民家で情況をきくと、この辺はロシアの保安隊がひっきりなしに通るので危ないという。私の家にかくれていて夜になってから国境を越しなさいという。まだお昼前だったが、その言葉に従って二軒の民家に分宿する。

オンドルに入って扉を閉めてとじこもる。扉の外ではこの家の者が見張っている。

私の足を見ると一部が化膿しているので、針を刺して膿をしぼる。しかし膿は少ししか出ず、他の部分が赤くはれていて痛みは少しもよくならなかった。

見張りの者から注意があって、保安隊が通るから静かにせよという。大人は別として、子ども、ことに赤ん坊には困る。親たちは自分の子どもをしずめるのに大変な苦労する。息をひそめているうちに保安隊は通って行った。

夕方まで足の手入れをしたり荷物の整理をしたり、ゆっくり静養する。荷物は洗浦で夜間追われたときにほとんど捨ててしまい、その後も途中不要になったものから順次処分してきたが、もう今夜一晩で国境を越えるとすれば何もいらない。身体一つで助かればいいというので、世話になった朝鮮人にやったり捨てたりした。

一人につき一〇〇円の割りで道案内を頼んだ。ここの朝鮮人は親切で信頼できそうである。

いよいよ国境へ

やがて日が暮れた。午後九時ごろ一同忍びやかに宿を出発した。まっ暗い山の細道である。みち子はとても私たち一家の者の手に負えないので、同行の人たちに交代でオンブしてもらった。

民家の前の本道を一〇〇メートルばかり戻って、すぐ横の田んぼのあぜ道のような細い道に入る。案内人は三名である。丘を一つ越えて先頭が止まり、案内人がちょっと休もうという。そして案内料を今もらいたいという。

出発前の約束では高浪浦に着いてからということだったが約束が違うというと、これから先ゆっくり休む場所がないこと、途中の事故でバラバラに分散するかも知れない。また不幸にして保安隊に捕まったらお金を盗られてしまうから、もらうことができなくなる。金を渡したらそれっきりやりっぱなされると心配するかも知れないが、そんなことは絶対にしない。と言ってあとに引かない。かれこれ三〇分間も話し合ったが、今の情況の下では何といってもこちらが弱い。ついに負けて約束の金を支払った。その金を持って仲間の一人が部落に帰って行った。

お金を支払ったら急に愛想がよくなった。みち子をオンブしようというので、案内人の一人にオンブしてもらった。

またまた保安隊

いつのまにか雲が晴れて月が出ていた。田の中の道、畑の中の道を歩き、林を通り抜け、丘を越えて、ものの三〇分間も過ぎた頃、突然前の方に二名の黒い影を認めた。ハッとして息をのんでいると、ちょっと待てという。しまった、見つかったかと一同あわてふためいて、道の両側の林の中に散り散りになってとび込んだ。

相手は何者ぞ。保安隊か、青年団か、いずれにしてもこれはただではすまない。困ったことになったと暗がりにひそんでいたが、二人のうちの一人が林の中に入ってきて私たちを探している模様である。道の方から間崎君の声がして皆集まってくれという。いつまでもひそんでいることはできないから、みなぞろぞろ出てきた。

どこから来てそしてどこに行くのか。今はまだ日本人は帰ってはならないことになっている。俺は保安隊に勤めている者だがこれから本隊までこいという。また案内の朝鮮人に対しては、日本人の道案内をするなんてけしからん、許すことはできないから一緒にこいと厳しい声で言っている。例のおどしとは思うが、時が時場合が場合だけに途方にくれる。一同、女、子どもまでいろいろ懇願、嘆願したが、どうしても聞いてくれない。一人の若い方の男は日本語ができて同情しているらしいが、他の一人が共産党で、日本に怨みがあるといってなかなか手きびしく、いろいろなおどし文句を並べたてる。時間がだんだん経過して気が気でない。

思えば苦闘一一日間、今夜国境を越えるというのに大変な者につかまったものだ。一同額を集めて相談したが、お金をいくらか出してはということになり、さしあたり三〇〇円出して頼んでみたが聞いてくれない。時間はますます経つばかり。お金を増加して頼み込んで、ようやく納得を得た。態度が少し変わって、案内の朝鮮人と道順について何か話している。自分たちも国境近くまで行くから一緒に行こうという。今までの態度から考えて送り狼になり兼ねないのでまた心配になってきた。

保安隊員に案内されて

交差点に出て右に行こうとすると、その道は危険だから左に行けという。案内の朝鮮人と何やら話している。話すというよりほとんど命令しているようだ。結局左の道を採る。これはいよいよ狼だと不安に駆られる。一人が前にもう一人が後ろについて歩いているのも気持ちが悪い。といって今のところどうしようもない。歩くより仕方がない。ほかに人通りは勿論なく、私たち一行二〇余名、一列縦隊に進むばかり。丘を越え林を通り畑の道を歩く。道は比較的よい。いよいよ最後の関所である。緊張して、みなの者黙々として歩調を早める。赤ん坊も声を立てない。

私の右足はますます悪く歯を喰いしばって頑張るが、たいてい一番最後になる。民家が近いから気をつけて急げと案内人から小声で伝えてくる。民家の壁が白く月の光に浮き上がっている。足音を忍ばせて通ったが、深い眠りについているようでコトリという音もしなかった。

左手が平坦になっている比較的広い道に出た。この辺り保安隊の巡らがあるから注意せよという。例の二人はどこまでもついてくる。何かしら気持ちが悪い。汗だくで一キロ足らずその道を歩き、また右側の森に入った。国境まで一〇キロ内外ということだったが、もうそれ以上歩いたように感じられた。低い丘をいくつか越えて、前面に小高い山があるところに行きついた。もうこの山を一つ越えたらいいのですと、案内人はやや安堵を顔に表していった。三差路で小休止する。

右の方向に保安隊の建物が見える。しばらく休んだあと、最後の勇を鼓して立ち上がった。例の二人とはここで別れた。保安隊が近いから気をつけて行きなさいという。どうやら狼ではなかったらしい。

保安隊の前にある広い道を避けて後ろの方にまわるため、右手の田んぼの中に入った。山ぎわの水のない水路に降りて、身をかがめて急いで歩いた。保安隊の近くで犬が吠えだした。すぐ左が保安隊の建物である。一行、左手をうかがいながら走るように通過した。犬の吠え声がだんだん遠くなり、どうやら何事も起こらなかった。

案内人も帰った

右手の山が割れて、広いいい道に行き着いた。ここまでくればもう大丈夫だ、ここが国境で高浪浦はこの道をまっすぐ二キロばかり行ったところだから、我々はここで別れると案内人は言う。約束は高浪浦までということになっていたので、それをいうと、我々も夜が明けないうちにコッソリ人に見つからないように帰らなければならないと言って、オンブしていたみち子を降ろして帰りかける。

ここが国境というが果してどうか、まだ危険区域を脱していないのではないか、いやこれからが最も危険なところではないか、私たちは不安に駆られたが、案内人は急にソワソワして行きかけるので、しかたなくオンブの謝礼に一〇〇円渡して別れた。

やがて右の方の山が後ろに遠のいて、小さい部落にさしかかった。民家の明かりはもれず、寂として物音はない。ここが果して高浪浦かどうか、思案しているとき犬が吠えだしたので、あわてて前進する。

橋を渡れば以南

それからまた三〇分位民家のない平らな路面を歩いた。ここは以南か、以北かと惑いながら歩いていると、一軒ポツンと畑の中に民家があった。どうやら人が起きているようだ。家に入って訊いてみると、ここはまだ以北だが、二〜三〇〇メートル先に川があって橋がかかっている。そこが国境だ。ロシア隊はいるかと訊くと、何もないという。

小川に橋があった。ここが国境か。虎の尾を踏む思いで渡ったが何事もなかった。前進また前進、約一キロ夢中で歩いて左の部落をやり過ごしてから初めて腰を降ろした。

一二日間の苦闘報いられて、38度線の突破に成功した。一行の心は明るく喜びに胸いっぱいである。しかし高浪浦に着いてアメリカ兵の顔を見るまでは一抹の不安があるので、また立ち上がった。

私は国境を越した安堵で一時に疲れが出て、一番後になる。みなに追いつこうと思ってもどうしてもだめだ。力尽きて道路にへたり込んでしまう。

坂の上の道に出た。明るい電灯の光がチラチラと輝いて見えだした。あれこそ高浪浦に間違いない。ああ、これでようやく救われた。涙があふれた。

東の空が白みかけた。黎明の光のなかでみなの顔に歓喜の表情が浮かんだ。

一二日間の行程約二二〇キロ、ああよく歩いたものだ。妻も、かよ子も、かず子も、みち子も、妙子も、よく頑張った。いまぞ、なつかしい故国に帰れる。抑留八ヶ月間、夢にまでみた故国へ。


国境が近くなってきました。大人たちはいろいろな人たち（朝鮮人）からできるだけ話を聞いて、38度線付近の情況をつかもうとしていました。そして親切な土地の人たちから「ここはよく保安隊が来るから、昼間は私の家に隠れていなさい」とか「昨日38度線の向こうに行ってきた」など、多くの情報と手助けをもらいました。でも長い間ただひたすら歩いて、つかまったり逃げたり隠れたりしてこわい思いをしてきた私にとっては、その言葉がほんとうなのか、大丈夫なのか、そしてほんとうに国境を越えることができるのか、何もかも遠いよその世界のことのようで信じることができませんでした。ただただ歩くだけでした。

今日あたり国境を越えるだろうと言われたその日は、夜が来るまでせまい暗い部屋でじっとしていました。声をたてることもできませんでした。夜になって歩き始めました。どんなところを歩いたかほとんど覚えていません。はじめは案内の朝鮮人がいましたが、途中で「帰る」と言い出して、大人たちが「話が違う」といろいろ言っていましたが、結局帰ってしまいました。

案内の人たちが帰ってしまったあとは、教えられた通りに少し広い道に出て歩きました。国境は近いと言われていましたが、歩いても歩いても道のようすは変わりません。左側には低い山と林、右側は草が生い茂っていてその向こうに川があるように思えました。見つかるのではないか、追いかけられるのではないかとただただ不安でした。

夜が明けかけてもまだ国境の橋はありません。道のはるかかなたに林らしい黒いかたまりが低く見えていました。それが、人がかたまって歩いているようにも見えるのです。

「あれは何だ」

「保安隊が来るのではないか」

何もかも追手に見えてしまうのでした。やがて少し明るくなってきました。先頭を歩いていた人が、

「橋だ！　国境だぞ」

と知らせてくれました。ほんとうでした。右手に川が見えて、木の橋がかかっていました。そこには監視の小屋もなく、鉄砲を持った兵隊もいませんでした。少し様子を見て、だれもいないのを確かめてから橋（数十メートル？）を急いで渡りました。橋の上には身を隠すものがありませんから、とても緊張しました。

橋を渡ると道は右にゆるく曲がっていました。みんな緊張して声も立てずに歩き、木がまばらに生えているところまで来てようやく立ち止まりました。もう大丈夫…もう逃げなくていい。やっと安心しました。遠くで家の灯がまたたいているのが見えて、何ともいえず安らかな気持ちになりました。

少し休んだあと、他の家族の人たちはふたたび歩き出しました。が、私たちはほかの人たちが出発するのをただ見送っていました。国境を渡ったとたんほっとしたのか、父がほとんど歩けなくなってしまいました。かかとをつけることもで

きないようでした。

「もう大丈夫だから、先に行っていて」

父の一言で、私たちは父母を残してのろのろと歩き始めました。安心して疲れが出てしまったのか、ほんとうに遠い道のりでした。そしてようやく日本人世話会の人たちに会うことができました。

7　京城の収容所

○四月一九日（一二日目）○

ここはもう以南

早朝、私たちは高浪浦の市街に到着した。とある街角に背の高い女の人が出ていた。

「あなた方は北鮮から歩いて来たのですか。ここはもう38度線以南ですよ。もう大丈夫です。ホラ、私は日本人です。京城の日本人世話会から派遣されているのですよ。朝の食事はまだでしょう。あちらに収容所がありま す。入って休んでください」

と言われたときは涙が流れ落ちた。

収容所には脱出の日本人が大勢入っていた。みな汗とあかに汚れボロボロの着物をまとっていたが、国境を越えた喜びにあふれ、表情は明るく元気に途中の苦心を語り合っていた。

午前九時ごろアメリカ軍の調べがあって、DDTを身体いっぱいふりかけられ、発疹チフスの予防注射を受けた。同行の人たちはただちに歩いて、京城行きの列車の出る汶山（ムンサン）という駅まで一六キロの行程を歩いて出発した。私たち一家は私の足のため一日滞在を余儀なくされ、間崎君以下苦労を共にした一行とはそこで別れた。

私は予防注射のあと帰りは歩くことができず、妹にオンブしてもらった。そしてその日は静養のためこの地の収容所に宿泊した。京城の世話会から派遣されている医師の手当を受けたが、ここでは充分な治療はできないから京城の世話会病院で切開してもらいなさいという。

親切な朝鮮当局から給与されたトウモロコシの食事を摂る。

収容所にはたくさんの日本人がいました。みんな歩いて脱出してきた人たちでした。身の危険がなくなった解放感からかみんな声高に話し合っていました。DDTで消毒するといって大きなアメリカ兵が機械で白い粉を一人ひとりに噴きつけていました。まず頭、身体の前と後ろから服の中にDDTを噴きこみ、両手の手首のところからまた噴きこまれ、体中がDDTまみれになりました。アメリカ兵や日本人世話会の人たちはとても親切に見えました。

○四月二〇日（第一三日目）○

私とみち子は京城行きのトラックに乗せられ、他の一般の朝鮮人の乗客と共に京城に着いた。以北と異なり、朝鮮人はがいして親切だった。世話会病院に到着すると、右足の拇指をすぐに切開してくれた。麻酔なしで切開したので相当苦痛であった。そしてかつての〝岸の寮〟という料亭跡の病院に収容された。

私とみち子以外の者は汶山まで歩き、そこから貨物列車で京城に着いて、一般の日本人脱出者と一緒にもとお寺であった収容所に入れられた。

妻は、この収容所で第三日目新高山付近の山道で別れた小野君一家に出会ったそうである。しかしあの時一緒だった小野君のおばあさんはいなかったという。

私はこの話を聞いて暗い気持ちになった。

京城に着いて、大きなお寺の収容所に入りました。ここも脱出者でいっぱいでした。水道で手と顔を洗いました。食事時になると、収容者たちは何か食器をもって一列に並びます。そして大きな鍋から一杯ずついれてもらうのでした。私たちは食器を持っていませんでしたので、空き缶を見つけて、それを持って並びました。

夜は広い本堂にみんな並んでごろ寝でした。もう逃げなくていいという安心は心地のよいものでした。

○四月二一日○

病院で静養

庭の桜が満開で美しかった。

妻が見舞いに来てくれた。帰りにはみち子を連れて行った。

収容所で

収容所には次々と新しい脱出者が入ってきて一晩泊っては、翌日には釜山に向けて出発していきました。しかし、私たちはその人たちを見送るだけで出発できませんでした。父が足の手術をして入院していたからです。

三度の食事はいつも同じ麦のおかゆのようなものでした。でも心配なく食べさせてもらえるのはありがたいことでした。

○四月二二日、二三日、二四日○

病院で休養。

○四月二五日○

朝、赤十字の自動車で龍山（ヨンサン）駅に運ばれた。そこで私の家族と山本一家と一緒になり、病人貨車で釜山に向かって出発した。

貨車に乗せられ

いよいよ私たちも帰ることになり、鉄道の駅に行きました。そこで父と合流してみんなで汽車に乗りました。汽車と言っても窓のない貨車でした。地面からは高い位置にある床に引っぱり上げてもらい、みんなが乗ると重い扉がガチャンと閉まりました。中はまっくらです。床には人がいっぱいすわっていました。やがて貨車は動き始めました。けれど走っては止まり止まっては走り、ときには数時間も止まったままだったりで、もう昼だか夜だかわからなくなってしまいました。

そしてどれぐらいたったのか、ようやく扉が開けられて降りたところは釜山でした。港には大きな船が泊まっていました。その船が新潟へ行くのか舞鶴に行くのか博多に行くのかもわからないまま、大勢の引揚者と一緒に乗りこみ日本に向けて出発しました。夜になると船がゆれにゆれて、船底ですし詰めの私たちは船酔いでたいへんでした。

8 戦後の日本へ

○四月二六日○

早朝、釜山到着。アメリカ軍の簡単な取り調べを受けて乗船、博多に向けて出発。途中対馬に寄港した。

船は博多に

朝、船は日本に着きました。そこは博多でした。やっと日本に帰って来たのでした。

港では、まず、人の多さに驚きました。船からはたくさんの引揚者が上陸しましたが、それ以上にたくさんの人たちが港にはいました。迎えに来た人や引揚者の面倒をみる人たちだったのでしょう。その様子を見て驚いたことは、引揚者ばかりでなく港に来ている日本人が、引揚者ほどではないにしてもみなうす汚れた粗末な服装をしていることでした。朝鮮に住んでいたときには、粗末な服を着ているのは朝鮮人か支那人ばかりだったので、日本人はきれいな服を着ているものと思っていました。が、日本に帰ってみると、そこにいるのは日本人ばかりでしたが、みんなうす汚れた粗末な服を着ていました。町も雑踏もうす汚れた日本でした。

○四月二七日○

午前、博多に上陸。厚生省引揚援護局の世話になり、医療を受けた。午後の列車で出発。

日本縦断・北海道へ向けて出発

博多でもアメリカ兵にＤＤＴをかけられ、また頭の先から足の先までまっ白になりました。弁当として竹皮に包んだおにぎりが配られました。そのおにぎりのおいしかったこと。米のごはんは長い間食べていませんでしたから。そして復員兵や引揚者でいっぱいの汽車に乗せられました。座席はもちろん、通路もトイレも身動きできないほど人でいっぱいでした。しまいにはデッキにぶら下がったり、屋根にまで乗っている復員兵もいました。私たち家族はバラバラでしたが、とにかく座らせてもらいました。

○四月二八日○

途中、広島の廃墟に心痛む。

朝早く、汽車は広島に停まりました。駅舎はほとんどなくて町は平らになっていました。汽車に乗った復員、引揚の人たちはみんな町のようすを見ていました。

新型爆弾が落とされたということは、私も知っていました。広島は何もなく、ただがれきが平らに広がっているだけでした。

　そのあと通った町はどこも灰色で暗い空襲のあとばかりでした。名古屋は夕暮れどきか朝方通ったように思いますが、がれきの平原がとても広く感じられました。

原爆投下により全焼した広島の町／共同通信イメージズ

○四月二九日○

朝、東京に着いた。山本一家は東京にいる親類を頼って行くというので東京駅で別れた。上野駅で在外父兄救出学生連盟学生の世話になり手当を受けた。午前九時半、青森行列車に乗る。

○四月三〇日○

早朝青森着。夕方乗船。

やっと青森に着きました。青函連絡船に乗れば北海道、というので母は元気で、配られた弁当にぬか漬けのニシンが入っていたことで感激していました。北海道育ちの母にとってニシンは特別の魚だったのです。ほんとうに久しぶりの魚でした。

私は対馬海峡での船酔いでこりていましたので船に乗るとすぐに寝てしまい、起こされたときには函館に着いていました。

○五月一日○

早暁函館着。早朝の列車で札幌へ。函館本線事故不通のため室蘭経由で夕方札幌苗穂駅に着いた。私は足が痛くて歩けないので駅に残り、妻と子どもたちは一足先に電車で北七条の義父の家に行った。しばらく待って晃四郎君が迎えに来てくれた。そして、自動車で義父母の待っている家に着いた。

義父母、英子さん、涙で迎えてくれた。

函館から汽車にゆられて、夕方になるころ札幌駅に着きました。父は満足に歩けないので迎えにきてもらうため、一つ手前の苗穂で降りました。その方が祖父母の家に近かったからです。私たちは札幌駅前から市電に乗って、そして歩いて行きました。

ようやく祖父母の家に着き、母は声をかけて玄関の扉を開けました。中から祖母が出てくると、一瞬ぽかんと立ちつくしていました。そしてかけよって、

「きぬか！」

そして母と祖母は抱き合いました。そして、

「元弥《もとや》さんは？」

祖母が大きな声で聞きました。無事に帰ってきて苗穂駅にいること、足が悪くて歩けないことを話すと、すぐそこにいた叔父に迎えに行くように言いつけました。叔父はすぐに走るようにして迎えに出かけていきました。祖母は私たち一人一人の頭に手をおいて顔をしげしげと見ながら、

「よく帰ってきた、よく帰ってきた。それにしてもみんな小ぎたないねえ」

とあきれたように言いました。きたないはずです。敗戦後しばらくして家を追い出されてからあと小さな部屋に住み始めてからは、風呂にはほとんど入れませんでした。四月になって歩き始めてからは、文字通り着のみ着のままで歩き、船や鉄道で運ばれてようやくここ札幌にたどり着いたのですから。

やがて父も家に着き、全員無事に帰国できたことを祖父母、叔母、叔父ともども改めて喜びあいました。その夜、大人たちはいつまでも話が尽きないようでし

た。

小学校へ

数日後、私と妹は学校に行くことになりました。札幌市立北九条小学校です。学校は「国民学校」から「小学校」に変わっていました。私は四年生の年齢になっていましたが、敗戦以来学校に行っていませんでしたので三年生に、妹も一年遅らせて一年生に編入しました。

「引揚者です」

と母は言い、私たちは「引揚者」と紹介されました。

学校に通うようになって、すっかり忘れていた文字――ひらがなも忘れていた――をだんだん思い出し、同時にこれまでのことを現実のこととは考えられなくなっていきました。それは思い出しても意味のないほかの世界のできごと、断絶の世界でした。私にとっては札幌で始まった新しい生活がすべてでした。

引き揚げて半年後、日本国憲法が発布されました。

「日本はもう戦争をしない国になったんだよ」

と聞いたときどんなにうれしかったことか、けっして忘れることはできません。

おわりに

私はこの小文のなかで、沢山の朝鮮人の悪感情を書いてきた。しかし、私たち一家が一人の落後者もなく帰って来られたのは、朝鮮人たちの好意と庇護があったればこそである。都会よりも町の人、町よりも片田舎の人々が親切であった。

私は、これらの親切を決して忘れることはできない。

ここに、名前の知らない数多くの人々に感謝する。

一九四五年八月一五日。この日を境にして私たちはすべてのものを失った。一瞬にして敵意を持った異邦人のなかに取り残されたことに気がついて呆然とした。

敗戦ということは、何と悲しくみじめなことであろうか。

生命の安全と財産の保安に何の保証もない社会。私たちは身をもってこれを経験した。日日の生活は人間対人間の原始的形態で展開される。このような集団社会では、人間間の相互信頼が秩序維持の唯一の手段とならざるを得ない。本質的には人類愛ともいうべき心情が、基幹となっているのである。
私は日本に帰ってから、混乱のこの数年間このことを考え続けてきた。
そしてそれを再出発の拠りどころとしてきたつもりである。

関矢元弥

アジア太平洋戦争が終わってやがて八〇年、あのころ小学生であった私も八六歳になりました。数年前中学校時代の大半を過ごした広島に行き、昔の友人たちと会いました。考えてみれば思い出多い中学時代の友人はみな被爆者だったのです。被爆後数年という時期でした。顔の半分が原爆によって火傷してしまった友だち、「ほら、ここにガラス片が残っているの」と瞼の上をわざわざ触らせてくれた友だち、ケロイドのため指が満足に動かせない友だち…私たちの中学校のこの校庭でも、死体を山のように積み上げて焼いたのだと聞かされた覚えがあります。そこは戦争中直接戦火に追われ逃げまどった方々の土地でした。成人して教師になり、沖縄へも出かけました。

戦後八〇年にも及ぶこの歳月、日本ではそのような目にあった人はいません。平和憲法のおかげです。そのような幸せをもたらす憲法を大切に守り続けていきたいものです。戦争放棄を定めた憲法九条は、どんなことがあっても守り通したいものです。

二〇二三年の今、ウクライナでは町が焼かれ住んでいる人たちは暮らしを奪われ命を落としています。ロシアの兵隊も多く命を失いつつあります。世界中のあちらこちらで不穏な空気がただよい始めています。

戦争は一九四一年一二月八日のように突然始まり、留まるところを知らず行き着くところまでいってしまうものです。八〇年以上前に生きていたすべての人たちが体験したような惨禍が再びあってはならないのです。

二〇二三年三月　　河崎かよ子

日本国憲法第九条　日本国民は、正義と秩序を基調とする国際平和を誠実に希求し、国権の発動たる戦争と、武力による威嚇又は武力の行使は、国際紛争を解決する手段としては、永久にこれを放棄する。② 前項の目的を達するため、陸海空軍その他の戦力は、これを保持しない。国の交戦権は、これを認めない。

著者　河崎　かよ子（かわさき　かよこ）
1936（昭和11）年、朝鮮に生まれる。
大阪学芸大学卒業、滋賀大学修士課程修了（小学校教員退職後）。元小学校教員、滋賀大学、京都橘大学、阪南大学などで非常勤講師。
主な著書　「お母さんも歌って」あゆみ出版
以下共著　「わかって楽しい社会科5年の授業」大月書店、「からだで学ぶ地図の学習」日本書籍、「社会科　テレビのできるまで」国土社、「社会科授業大全集　6年上下、5年、3〜4年上下」喜楽研

関矢　元弥（せきや　もとや）
1908（明治41）年、北海道、浦臼町晩生内（おそきない）に生まれる。
北海道大学を卒業後、1935年ごろ国家公務員（運輸省）として朝鮮に赴任。朝鮮各地を転勤し1945年元山で敗戦を迎える。
1946年4月に家族を連れて帰国。その後国家公務員に復帰、のちに日本海事協会に勤務。

カバー表紙デザイン／クリエイティブ・コンセプト／根本 眞一

国境は小さな橋だった
〜子どものころの戦争の記憶〜

2023年５月25日　初版第１刷発行

著　者　河　崎　か　よ　子
発行者　面　屋　　洋
発行所　清　風　堂　書　店
〒530-0057 大阪市北区曽根崎２－11－16
ＴＥＬ 06（6313）1390
ＦＡＸ 06（6314）1600
振替００９２０－６－１１９９１０

製作編集担当・西野優子

印刷・製本／オフィス泰
ISBN978-4-86709-024-4 C0095